Q S Q S Q S Q S Q S Q S Q S Q S Q S Q S Q S Q S Q S Q S
S Q S Q S Q S Q S Q S Q S Q S Q S Q S Q S Q S Q S Q S
S Q S Q S Q S Q S Q S Q S Q S Q S Q S Q S Q S Q S Q S Q
Q S Q S Q S Q S Q S Q S Q S Q S Q S Q S Q S Q S Q S Q
Q S Q S Q S Q S Q S Q S Q S Q S Q S Q S Q S Q S Q S Q S
S Q S Q S Q S Q S Q S Q S Q S Q S Q S Q S Q S Q S Q S
S Q S Q S Q S Q S Q S Q S Q S Q S Q S Q S Q S Q S Q S Q
Q S Q S Q S Q S Q S Q S Q S Q S Q S Q S Q S Q S Q S Q
Q S Q S Q S Q S Q S Q S Q S Q S Q S Q S Q S Q S Q S Q S
S Q S Q S Q S Q S Q S Q S Q S Q S Q S Q S Q S Q S Q S
S Q S Q S Q S Q S Q S Q S Q S Q S Q S Q S Q S Q S Q S Q
Q S Q S Q S Q S Q S Q S Q S Q S Q S Q S Q S Q S Q S Q
Q S Q S Q S Q S Q S Q S Q S Q S Q S Q S Q S Q S Q S Q S
S Q S Q S Q S Q S Q S Q S Q S Q S Q S Q S Q S Q S Q S
S Q S Q S Q S Q S Q S Q S Q S Q S Q S Q S Q S Q S Q S Q
Q S Q S Q S Q S Q S Q S Q S Q S Q S Q S Q S Q S Q S Q
Q S Q S Q S Q S Q S Q S Q S Q S Q S Q S Q S Q S Q S Q S
S Q S Q S Q S Q S Q S Q S Q S Q S Q S Q S Q S Q S Q S
S Q S Q S Q S Q S Q S Q S Q S Q S Q S Q S Q S Q S Q S Q
Q S Q S Q S Q S Q S Q S Q S Q S Q S Q S Q S Q S Q S Q
Q S Q S Q S Q S Q S Q S Q S Q S Q S Q S Q S Q S Q S Q S
S Q S Q S Q S Q S Q S Q S Q S Q S Q S Q S Q S Q S Q S
S Q S Q S Q S Q S Q S Q S Q S Q S Q S Q S Q S Q S Q S Q
Q S Q S Q S Q S Q S Q S Q S Q S Q S Q S Q S Q S Q S Q
Q S Q S Q S Q S Q S Q S Q S Q S Q S Q S Q S Q S Q S Q S
S Q S Q S Q S Q S Q S Q S Q S Q S Q S Q S Q S Q S Q S
S Q S Q S Q S Q S Q S Q S Q S Q S Q S Q S Q S Q S Q S Q
Q S Q S Q S Q S Q S Q S Q S Q S Q S Q S Q S Q S Q S Q
Q S Q S Q S Q S Q S Q S Q S Q S Q S Q S Q S Q S Q S Q S
S Q S Q S Q S Q S Q S Q S Q S Q S Q S Q S Q S Q S Q S
S Q S Q S Q S Q S Q S Q S Q S Q S Q S Q S Q S Q S Q S Q
Q S Q S Q S Q S Q S Q S Q S Q S Q S Q S Q S Q S Q S Q
Q S Q S Q S Q S Q S Q S Q S Q S Q S Q S Q S Q S Q S Q S

BELANGRIJKE VOORWERPEN EN PERSOONLIJKE BEZITTINGEN
UIT DE COLLECTIE VAN LENORE DOOLAN EN HAROLD MORRIS,
INCLUSIEF BOEKEN, KLEDING EN SIERADEN

BELANGRIJKE VOORWERPEN EN PERSOONLIJKE BEZITTINGEN UIT DE COLLECTIE VAN LENORE DOOLAN EN HAROLD MORRIS, INCLUSIEF BOEKEN, KLEDING EN SIERADEN

Leanne Shapton

Vertaald door Nico Groen

2009
DE BEZIGE BIJ
AMSTERDAM

Oorspronkelijke titel *Important Artifacts and Personal Property from the Collection of Lenore Doolan and Harold Morris, Including Books, Street Fashion, and Jewelry*
Oorspronkelijke uitgever Sarah Crichton Books, Farrar, Straus and Giroux, New York
Vormgeving omslag en binnenwerk Leanne Shapton
Omslagbelettering Studio Jan de Boer
Omslagillustratie Jason Fulford
Foto achterzijde Michael Schmelling
Zetwerk Peter Verwey, Heemstede
Foto's binnenwerk Jason Fulford (lot-foto's), Kristin Sjaarda (foto's van koelkastinterieurs), Leanne Shapton & Michael Schmelling (foto's van Doolan en Morris). Overige foto's van Derek Shapton.
Citaat uit het nummer 'Nobody' van Paul Simon (© 1980 Paul Simon) op blz. 52 met toestemming overgenomen van de uitgever, Paul Simon Music.
Druk Thieme Boekentuin, Apeldoorn
ISBN 978 90 234 5402 1
NUR 302

www.debezigebij.nl

'Die asbak stond naast het bed. Aan de kant van de lady.'

'Ik verzeker je dat ik dit aandenken zorgvuldig zal bewaren,' zei ik.

'Als asbakken konden spreken, meneer.'

'Zeg dat wel.'

– Graham Greene, *Het einde van het spel*

We zoeken overal het absolute, maar vinden altijd slechts dingen.

– Novalis

BELANGRIJKE VOORWERPEN

EN PERSOONLIJKE BEZITTINGEN

UIT DE COLLECTIE VAN LENORE DOOLAN

EN HAROLD MORRIS,

INCLUSIEF BOEKEN, KLEDING

EN SIERADEN

Veilinghuis Strachan & Quinn, 14 februari 2009,
10.00 en 14.00 uur

We hebben besloten deze catalogus in te leiden met de tekst van een ansichtkaart die in 2008 werd geschreven door Harold Morris, van wie hier bezittingen worden geveild, samen met die van Lenore Doolan, inclusief voorwerpen die door vrienden en familie aan het paar werden geschonken.
– Strachan & Quinn, 2009

Lieve Lenore,

Komende maand ben ik een paar dagen in de stad voor een klus. Ik heb brieven aan je geschreven, maar die liggen nog steeds hier in de la.

Weet je nog dat we elkaar een jaar geleden tegenkwamen in de Oyster Bar en dat jij vroeg, toen we die avond terugliepen: Heb je ooit een relatie gehad waarvan het je speet dat er een einde aan kwam? Ik zei niets, maar wilde dat ik had gezegd: Ja, die met jou. Dat zou ik hebben geantwoord.

Ik weet niet hoe het er nu bij jou voor staat. Jaclyn en ik lassen een pauze in. Weer op mezelf!

Je Hal

1001

1002

1003

1004

LOT 1001

Foto van Lenore Doolan, 26 jaar oud

Originele kleurenfoto van Doolan achter haar bureau bij *The New York Times*, 2002. Genomen door Adam Bainbridge, een collega. 10,2 x 15,2 cm.

$10-20

LOT 1002

Pasfoto van Harold Morris, 39 jaar oud

Originele foto van Morris, in 2002 genomen voorafgaand aan een opdracht voor een fotoreportage op de Filippijnen. 5,1 x 5,1 cm.

$10-20

LOT 1003

Een uitnodiging

Uitnodiging voor een Halloween-feest op 31 oktober 2002, gegeven door goede vrienden van Morris, de fotografieagenten Rekha Subramanian en Paulo Vitale. 10,2 x 13,3 cm.

$5-10

LOT 1004

Reeks foto's

Lenore Doolan en haar schoolvriendin Kyle Kaplan, uitgedost voor Halloween. 15,2 x 10,2 cm.

$10-20 (3)

1005

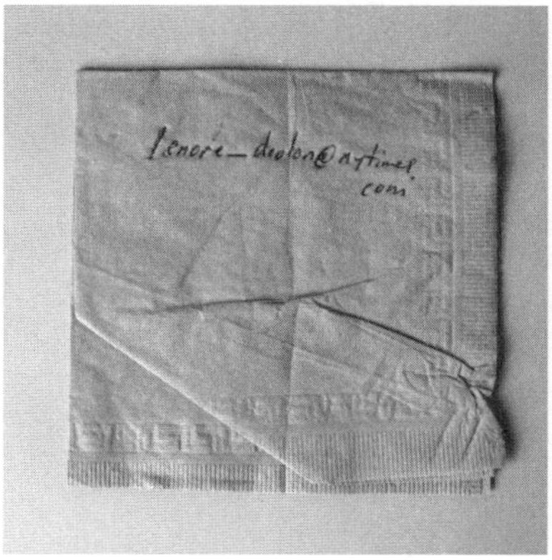

1006

LOT 1005
Foto van Morris en Doolan
Foto van Morris en Doolan op het Halloween-feest van Subramanian-Vitale. Morris is verkleed als Harry Houdini en Doolan als Lizzie Borden. Vroegst bekende foto van het paar samen. Fotograaf onbekend. Punaisegaatjes in de hoeken. 10,2 x 15,2 cm.
$25-30

LOT 1006
Handgeschreven notitie
Een korte, met de hand en in balpen geschreven notitie, op een groen cocktailservet. Tekst: *'lenore_doolan@nytimes.com'*. Enigszins beduimeld en gekreukt. 12,7 x 12,7 cm.
$15-20

LOT 1007
Een handgeschreven brief
Een handgeschreven brief van Ann Doolan aan haar zus Lenore, gedateerd 1 november 2002, waarvan een deel van de tekst luidt: *'Dat is kras, dat je hem al eerder hebt ontmoet; dat bewijst maar weer eens dat het ECHT allemaal om timing draait. Hij klinkt oké. Wat jij voor opdringerigheid aanzag was misschien doodgewoon ouderwetse hartstocht. Moeten we ons zorgen maken dat hij als Harry Houdini ging? Misschien komt hij altijd weer bij je terug OF is hij een ontsnappingskunstenaar...'* Lichtroze Vergé de France-papier van G. Lalo. 20,3 x 14,5 cm.
Niet afgebeeld.
$15-20

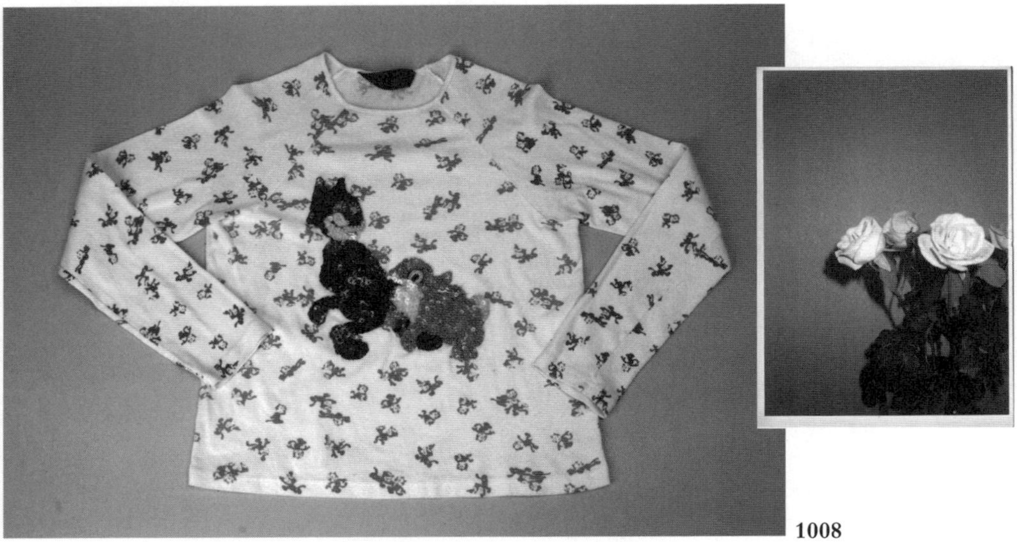

1008

1009

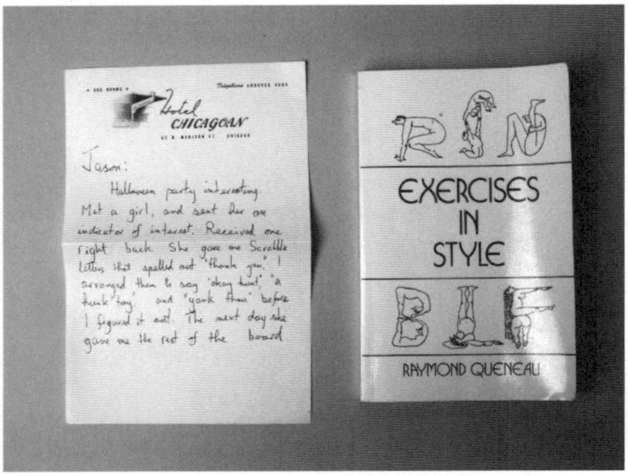

1010

LOT 1008

Fleurig shirt en ansichtkaart

Katoenen shirt met unieke, grote, met lovertjes bezette applicatie. Op het merkje binnenin staat 'Marjan Pejoski'. Enigszins verbleekt en versleten. Maat S. Gaat vergezeld van een ansichtkaart met foto van Wolfgang Tillmans uit het Museum of Modern Art, dat bij het oorspronkelijke cadeau zat. De volledige, in balpen geschreven korte tekst van Morris aan Doolan luidt: *'Nooit koopt iemand kleren voor me.'*
$20-30

LOT 1009

Letters uit bordspel plus bord

Acht scrabble-letters in een papieren envelop, die de tekst 'THANK YOU' vormen. Gaat vergezeld van een origineel scrabble-bordspel (copyright © 1987). Alle letters zijn in goede staat, de hoeken van het bord zijn enigszins versleten.
$20-30

LOT 1010

Queneau, Raymond

Exercises in Style (New Directions, 1981), paperbackeditie. Bij pagina 114 is een onvoltooide brief ingesloten van Harold Morris aan zijn beste vriend, de fotograaf Jason Frank, geschreven op briefpapier van Hotel Chicagoan en gedateerd 4 november 2002. Een deel van de tekst luidt: *'Ze gaf me scrabble-letters die de woorden "thank you" vormen. Ik legde "okay hunt", "a hunk toy" en "yank thou" voordat ik het doorhad. De volgende dag gaf ze me de rest van het spel...'*
25,4 x 17,8 cm.
$10-20

1012

LOT 1011

Uitdraai van een e-mail met routebeschrijving plus handgeschreven notitie

Een e-mail, gedateerd 25 november 2002, van Morris aan Doolan met een routebeschrijving naar een huis in Croton Falls, NY. In Doolans handschrift staat er in balpen bij geschreven: *'Thanksgiving / Croton Falls / Vrijdag / Grand Central-metro North / Zoete aardappelen / Toetje... ~~pompoentaart~~ / ~~bananencake~~ / botermoppen? / Oma's recept / Wijn / HIJ / HIJ / HIJ / HAL.'* 28,0 x 21,6 cm.

Niet afgebeeld.

$15-20

LOT 1012

Een serie polaroidfoto's

Zes polaroidfoto's van Doolan die verschillende vrijetijdsoutfits past, genomen door haar vriendin, modestyliste Jessica Frost. 8,0 x10,2 cm.

$20-30 (6)

1013

1014

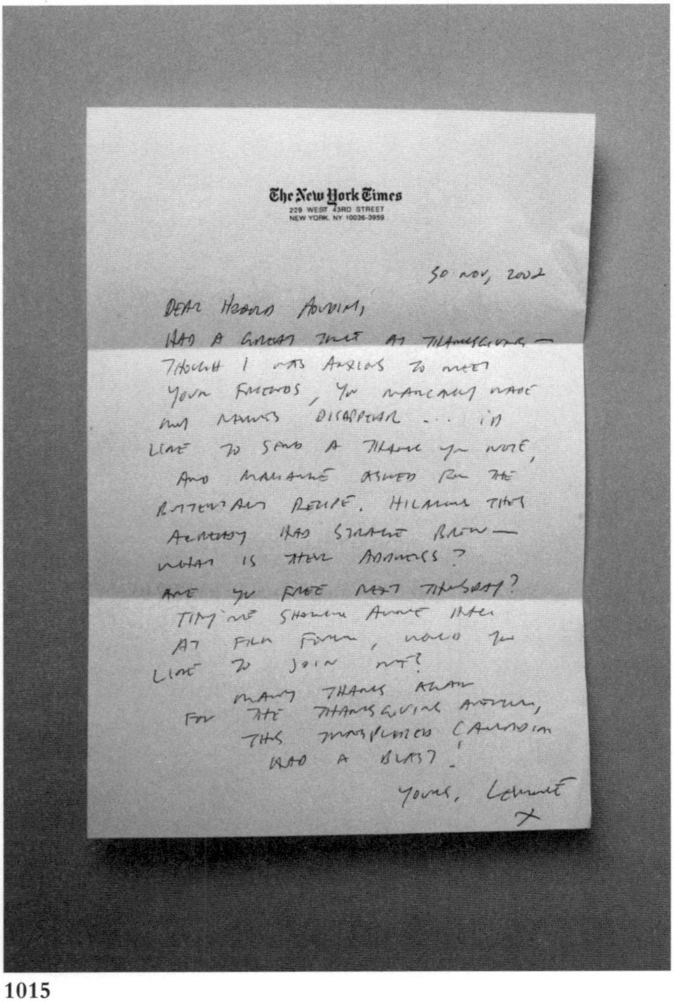

1015

LOT 1013

Een dvd

Een dvd van de film *Strange Brew*, met Bob en Doug McKenzie (Dave Thomas en Rick Moranis). In goede staat. 19,1 x 14,0 x 1,3 cm.

$10-20

LOT 1014

Een kleurenfoto

Een foto van Doolan en Morris tijdens een Thanksgiving-etentje. Fotograaf onbekend. Punaisegaatjes in de hoeken. 10,2 x 15,2 cm.

$10-20

Doolan heeft kleren aan die te zien zijn in lot 1012.

LOT 1015

Een handgeschreven briefje

Een handgeschreven briefje van Doolan aan Morris, op papier met briefhoofd van *The New York Times*. Een deel van de tekst luidt: *'Lieve Harold Houdini, Heb me uitstekend vermaakt tijdens Thanksgiving. Al zag ik ertegen op je vrienden te leren kennen, als bij toverslag zorgde je ervoor dat ik niet meer zenuwachtig was... Ik stuur ze graag een bedankje, en Marianne vroeg me om het botermoppenrecept. Om te gillen dat ze Strange Brew al hadden. Wat is hun adres?'* 26,7 x 18,4 cm.

$15-20

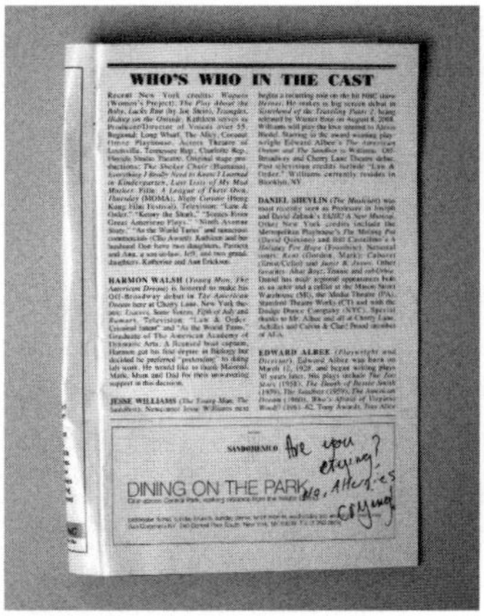

1017

1018

LOT 1016

Twee bioscoopkaartjes

Twee ongebruikte kaartjes voor *Annie Hall* in het Film Forum, New York. 6,4 x 3,8 cm.

Niet afgebeeld.

$10-20

LOT 1017

Een programma van *Dinner at Eight*

Een programma van *Dinner at Eight* in het Vivian Beaumont Theatre. Onder aan de pagina wisselt Doolans handschrift dat van Morris af: *'Huil je? / Nee, allergie. / Moet huilen!'* 21,6 x 14,6 cm.

$10-15

LOT 1018

Twee kleurenfoto's

Foto van Doolan die staat te wachten bij het appartement van Morris in Brooklyn, op 11A Sherman Street. De andere is van Morris, die staat te wachten bij het appartement van Doolan in West Village, op 84 Grove Street. 10,2 x 15,2 cm.

$20-40 (2)

1019

LOT 1019

Mitford, Nancy

The Pursuit of Love en *Love in a Cold Climate* (Modern Library Edition, 1982), gebonden editie. Zonder stofomslag. Opdracht luidt: *'Geleend aan Lenore op de dag van mijn vertrek naar Londen, 11 december 2002. Opeisbaar na mijn terugkeer. Zorg ervoor dat ik weet waar ik gebleven ben H.'* 15,2 x 22,5 x 3,13 cm.

$5-12

LOT 1020

Serie van elf ansichtkaarten

Elf ansichtkaarten die Morris in de loop van zijn drie weken durende bezoek aan Engeland, van 11 tot 30 december 2002, aan Doolan stuurde. Verschillende afmetingen.

$30-50 (11)

1. Ansichtkaart van Diana, Princess of Wales. Afgestempeld op 12 december 2002, verstuurd vanuit Londen, Engeland. Een deel van de tekst op de achterzijde luidt: *'Ga ik weet niet waar en haal ik weet niet wat voor mijn prinses met de grijze ogen. Dat je je Iers-katholieke komaf verloochent kietelt mijn verlangen. (Wacht even: bén je katholiek?) De uitdaging om je op de kop af tien ansichtkaarten te sturen is kinderspel, je belofte dat je je gewonnen zult geven het doel dat ik vast voor ogen houd. Je krijgt ze absoluut alle tien, vrees niet! Deze eerste schrijf ik je vanuit het Charlotte Street Hotel, boven mijn ontbijt van gerookte haring. Denk met ontzagwekkende tederheid aan je en zie op tegen de deprimerende weken...'*

2. Ansichtkaart van de foto *Little Red Riding Dior* van Jack Pedota, 1992. Afgestempeld op 13 december 2002, verstuurd vanuit Londen, Engeland. De volledige tekst op de achterzijde luidt: *'Botermop, kreeg vanochtend je alleraardigste polaroidfoto. Ben niet helemaal overtuigd van de jurk. Te eenvoudig, te zwart, te sober voor jou, ook al staat hij je heel goed. Ben stinkend jaloers op iedere man (en sommige vrouwen) op je feestje van kantoor. x'* (Zie lot 1021 voor de polaroidfoto van Doolan.)

3. Ansichtkaart van het schilderij *Sleeping Girl* (1943) van Balthus. Afgestempeld op 14 december 2002, verstuurd vanuit Londen, Engeland. Een deel van de tekst op de achterzijde luidt: *'Was gisteravond bij een opening in de Tate. Ben er tijdens het wijn slempen stiekem tussenuit geknepen om naar een prachtige Balthus op de tweede verdieping te kijken. Verbeeldde me dat jij naast me stond en dat we er samen naar keken...'*

4. Ansichtkaart van een dubbeldekker. Afgestempeld op 16 december 2002, verstuurd vanuit Londen, Engeland. De volledige tekst op de achterzijde luidt: *'Allerliefste Lenore: / Bedankt voor je brief (ik ben dol op je brieven!). Stuur je subiet iets van over de plas toe, dus hou het in de gaten. Gebruik ouderlijk adres, zoals afgesproken. Hier mijn schema: / 19-23 dec. Charlotte Street Hotel 15-17 Charlotte Street London W1T 1RJ / 23-28 dec. (met mams) Orchard House, Barkestone-Le-Vale, Notts, England WR12 7DU, tel. 01386-852255 / Ik bel je, en bel mij uiteraard wanneer je maar wilt (ik vind het niet erg om wakker gemaakt te worden!). Mis je vreselijk, Hal.'*

5. Ansichtkaart van de foto *Lips* van Man Ray, ca. 1930. Afgestempeld op 21 december 2002, verstuurd vanuit Londen, Engeland. Een deel van de tekst op de achterzijde luidt: *'Zeikt hier van de regen, werk stomvervelend, mis je en denk de hele tijd aan je gezicht / de hele tijd / de hele tijd...'*

6. Ansichtkaart van de Elizabeth-salon, Belvoir Castle. Afgestempeld op 25 december 2002, verstuurd vanuit Nottinghamshire, Engeland. Een deel van de tekst op de achterzijde luidt: *'Bedankt, heel erg bedankt voor je lieve pakje! Ik begon al te denken dat ik me onze hele relatie had ingebeeld, dat ik wel gek moest zijn dat ik die kaarten de ether in stuurde. Ik heb de kangoeroe op het nachtkastje naast mijn bed gezet en meteen de botermoppen naar binnen geschrokt. Draai in mijn gehuurde Peugeot niets anders dan de cd, het lavendelblauwe hemd past precies en al het leesvoer is geweldig. Ik zie uit naar nadere bestudering in het vliegtuig terug naar ~~Amerika~~jou. / Gelukkig kerstfeest, liefste.'*

7. Ansichtkaart van *De kus* van Auguste Rodin. Afgestempeld op 28 december 2002, verstuurd vanuit Worcester - shire, Engeland. Op de achterzijde staat: *'Neus, hand, pols, penis, lippen en tenen. Smachtend, Harold.'* In balpen zijn de omtrekken van voornoemde lichaamsdelen geschetst.

8. Ansichtkaart van de litho *Elizabeth I 1966* van Gerhard Richter, afgestempeld op 27 december 2002, verstuurd vanuit Nottinghamshire, Engeland. De volledige tekst luidt: *'Ze zeggen dat je aan de manier waarop een man met zijn moeder omgaat kunt zien in hoeverre hij in staat is er een liefdesrelatie op na te houden. Mijn moeder en ik hebben geen erg hechte band, maar ik bel haar elke week en schrijf deze kaart in de trein terug van het bezoek dat ik haar met kerst heb gebracht. We hebben elke avond in de Red Lion van de garnalencocktail gesnoept en gemberbier achterovergeslagen. Ik snak naar een Bloody Mary. Mis je, mijn liefste mopje. Hal X. P.S. Hoop dat de laatste kaart niet té was, maak me er nogal zorgen over.'*

9. Ansichtkaart van Anne Boleyn uit de National Portrait Gallery. Afgestempeld op 22 december 2002, verstuurd vanuit Londen, Engeland. Een deel van de tekst op de achterzijde luidt: *'Twee op één dag! Ben benieuwd welke het eerst aankomt...'*

10. Ansichtkaart van de foto *Joey and Andres in Bed, Berlin 1992* van Nan Goldin. Afgestempeld op 22 december 2002, verstuurd vanuit Londen, Engeland. Fragment van de tekst op de achterzijde: *'"Love, O careless Love..." Ik hoor mijn boze geest snikken in elke bloedcel...'* Het citaat is afkomstig uit 'Skunk Hour' van Robert Lowell, een van Morris' favoriete dichters.

11. Ansichtkaart van Londen bij avond. Afgestempeld op 29 december 2002, verstuurd vanuit Londen, Engeland. De volledige tekst luidt: *'Ik vlieg morgen!! Ik kijk ernaar uit elkaar weer te zien – St. Regis! CHIC! X H'*

The Princess of Wales

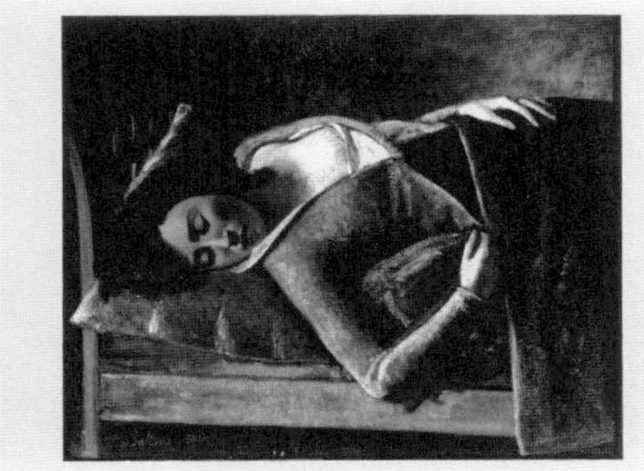

12
PECKHAM

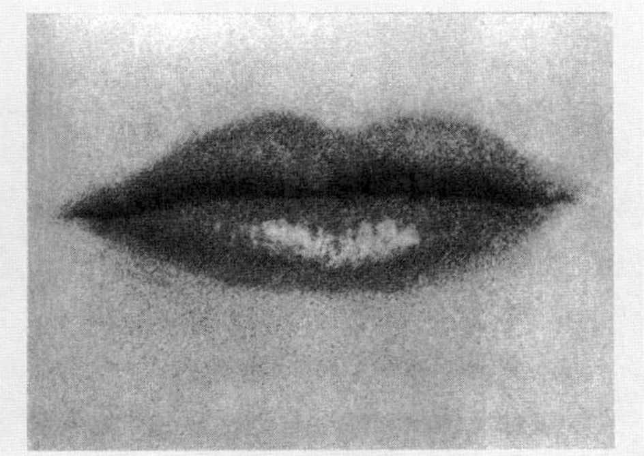

The Tower
The Abbey
WESTMINSTER
Tower Bridge
LONDON
at NIGHT
Piccadilly Circus
Houses of Parliament
Trafalgar Square

1020

1021

LOT 1021

Een polaroidfoto

Foto van Doolan in een cocktailjurk. Op een Post-it op de achterzijde staat: *'Moest dit weekend een nieuwe jurk kopen voor het kerstfeest op kantoor! – Wat vind jij?'* 8,9 x 10,2 cm.

$10-20

1022

LOT 1022

Een compilatie-cd

Een door Doolan voor Morris samengestelde compilatie-cd, getiteld *Seasonal Ditty's for Hittymitty from Butterbitty.* Lijst met nummers: *'Snowflake Music', Mark Mothersbaugh / 'Winter a Go-Go', Yo La Tengo / 'Fox in the Snow', Belle and Sebastian / 'Song for the Myla Goldberg', The Decemberists / 'Makin Angels', Destroyer / 'Maybe This Christmas', Ron Sexsmith / 'Let's Not and Say We Did', Silver Jews / 'At the First Fall of Snow', Hank Williams / 'Aliens (Christmas 1988)', The Rheostatics / 'Flowers in December', Mazzy Star / 'Better Be Home Soon', Crowded House / 'Guiding Light', Television / 'Come in from the Cold', Joni Mitchell / 'Bells On', Sloan / 'The Fairest of the Seasons', Nico.* 12,1 x 14,0 cm.

$20-35

1023

LOT 1023

Een ansichtkaart

Een ansichtkaart van het RCA-gebouw in New York, aan Morris gestuurd door Doolan. De volledige tekst op de achterzijde luidt: *'EN DAT IS TIEN! Zie je in het St. Regis, 30 december om 18.00 u. L.'* 15,2 x 10,2 cm.

$10-20

1024

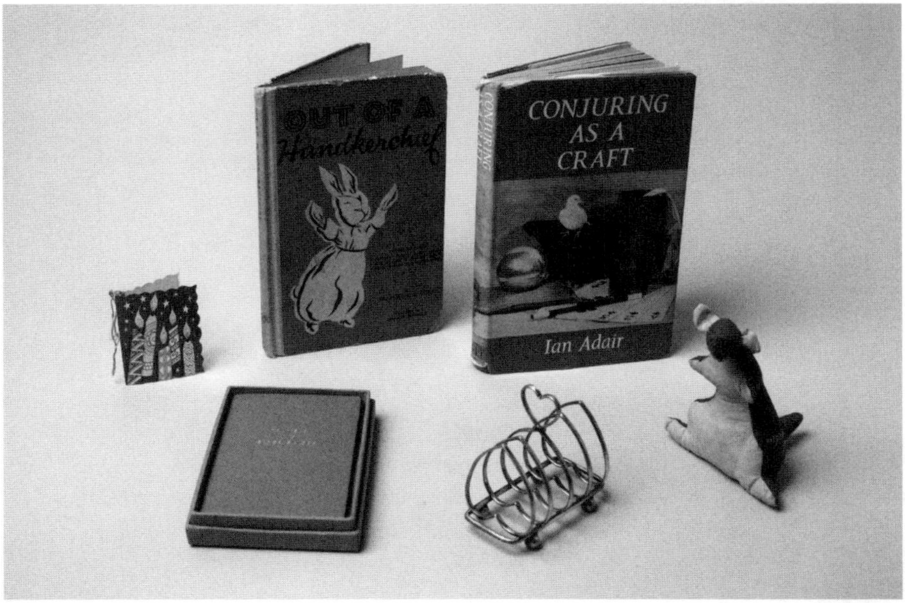

1025

LOT 1024

Verzameling voorwerpen

Een videoband (VHS) van *The Party* (MGM-video, 1994). Paperback van het scenario van de film *Masculine Feminine* van Jean-Luc Godard (Grove Press, 1969). Antiek peper-en-zoutstel in de vorm van ananassen. Originele Gucci-ketting van echt zilver. Alles in goede staat, boek enigszins beduimeld. Op een zelfgemaakte kaart staat: *'Een paar van mijn favoriete spullen... ook al nader je de top van die lijst. Gelukkig kerstfeest, liefs, H.'*

$50-75 (5)

LOT 1025

Verzameling voorwerpen

Een boek getiteld *Out of a Handkerchief* van Frances E. Jacobs (Lothrop, Lee & Shepard Co., 1942). Een boek getiteld *Conjuring as a Craft* van Ian Adair (David & Charles: Newton Abbot, 1970). Knuffel in de vorm van een kleine kangoeroe. Zilveren, hartvormig toastrekje. Groen kalfsleren 'Travels and Experiences'-opschrijfboekje van Smythson of Bond Street. Kaart met daarop de tekst: *'Merry XXOOXXmas, xx LD.'*

$50-75 (6)

1026

LOT 1026

Een agenda

Een agenda van het jaar 2002 met één dag per pagina, van Smythson of Bond Street. Bij 30 december staat: *'Mani/pedi, 11.30 / Tulpen / Recept ophalen / Schoonmakers / R. Lowell / butterscotch-eclairs / eieren / room / Blancmanger moet af / Hugh schrijven? / Jess afzeggen / koffie / sojalatte / rijstevlaai / volkorenmuffin, cola light / mince pie (2).'* Op de tegenovergelegen pagina staat: *'Plaatkoek met citroen / thee / koffie/ popcorn / avocado / krabkoekjes / panettone.'* 19,1 x 14,0 cm.

$15-25

1027

LOT 1027

Handgeschreven briefje plus envelop

Briefje op briefpapier van het St. Regis, in Doolans handschrift. De tekst luidt: *'Kom alsjeblieft naar kamer 1045. x L.'* 20,1 x 15,2 cm.

$10-20

Tot het lot behoort een envelop van het St. Regis met achterop verschillende notities, namelijk: *'Kom naar kamer 1045'* / *'Ben in kamer 1045'* / *'Kom me halen in kamer 1045'* / *'Ik zie je in kamer 1045'*

1028

LOT 1028

Herenpyjama

Herenpyjama van Brooks Brothers. Koningsblauw. Enigszins versleten, met enkele gaten en vlekken. Maat M.

$20-30

LOT 1029

Muismat

Muismat met een foto van twee eclairs op een bord, door Morris gemaakt voor Doolan, januari 2003. Enigszins versleten. 19,7 x 22,9 cm.

Niet afgebeeld.

$10-20

1030

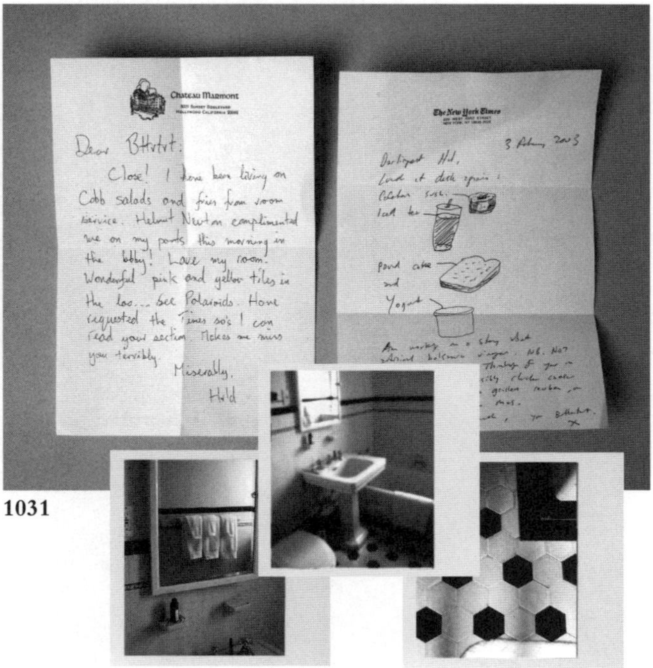

1031

LOT 1030

Paraplu van het St. Regis

Bruin-witte paraplu van het St. Regis Hotel. In goede staat, enige slijtage. 73,7 cm lang.

$10-20

Tot het lot behoort een foto van Doolan, waarop ze de paraplu bij haar in de straat vasthoudt. 15,2 x 10,2 cm.

LOT 1031

Twee handgeschreven brieven

Handgeschreven brief van Doolan aan Morris, gedateerd 5 februari 2003, op papier met briefhoofd van *The New York Times*. De volledige tekst, voorzien van tekeningetjes, luidt: *'Allerliefste Hal, Lunch weer aan mijn bureau: sushi van de cafetaria, ijsthee, taart en yoghurt. Werk aan een verhaal over ambachtelijk bereide balsamicoazijn. N.B. NIET lekker bij sushi... Denk aan jou, in L.A. op de set... Misschien Caesar Salad met kip, een Rueben-sandwich van de catering of een taco van Poquito Mas. Mis je heel erg, je Botermopje.'*

26,7 x 18,4 cm.

Een handgeschreven brief op papier van Château Marmont, gedateerd 10 februari 2003. De volledige tekst luidt: *'Lieve Btrmp: Warm! Leef op Cobb-salades en patat van de roomservice. Helmut Newton complimenteerde me vanmorgen in de lobby met mijn broek! Ben dol op mijn kamer. Prachtige roze-met-gele tegels op de plee... Zie de polaroids. Heb The Times opgevraagd, zodat ik jouw katern kan lezen. Mis je er vreselijk door. Je beroerde Hrld.'* 21,0 x 15,2 cm.

$10-20 (2)

Tot het lot behoren drie polaroidfoto's van de wc van kamer 29.

LOT 1032

Boodschap gelukskoekje

Boodschap uit een gelukskoekje, door Morris bewaard in zijn portefeuille: *'Zonder tegenslag vaart niemand wel.'*

5,7 x 1,7 cm

Niet afgebeeld.

$5-10

LOT 1033

Uitdraai van een e-mailcorrespondentie met vluchtinformatie

Uitdraai van een e-mailcorrespondentie tussen Doolan en Morris. De volledige tekst luidt:

Van: lenore_doolan@nytimes.com

Aan: hmorris256@yahoo.com

Onderwerp: Aankomsttijden!

13 feb 03 / 209 / New York, JFK 11.30 u / Long Beach, CA 14.43 u

16 apr 03 / 212 Long Beach, CA 12.55 u / New York, JFK 21.10 u

Op 11 feb 2003 om 2.10 u. schreef hmorris256:

Mooi! Ik duim. Mis je. H.

Op 10 feb om 15.39 u. schreef lenore_doolan:

Hal, kreeg zojuist je bericht. Zal vervanger proberen te regelen. Hou je op de hoogte. Valentijnsvisioenen! xo Lenore

21,6 x 28,0 cm.

Niet afgebeeld.

$10-20

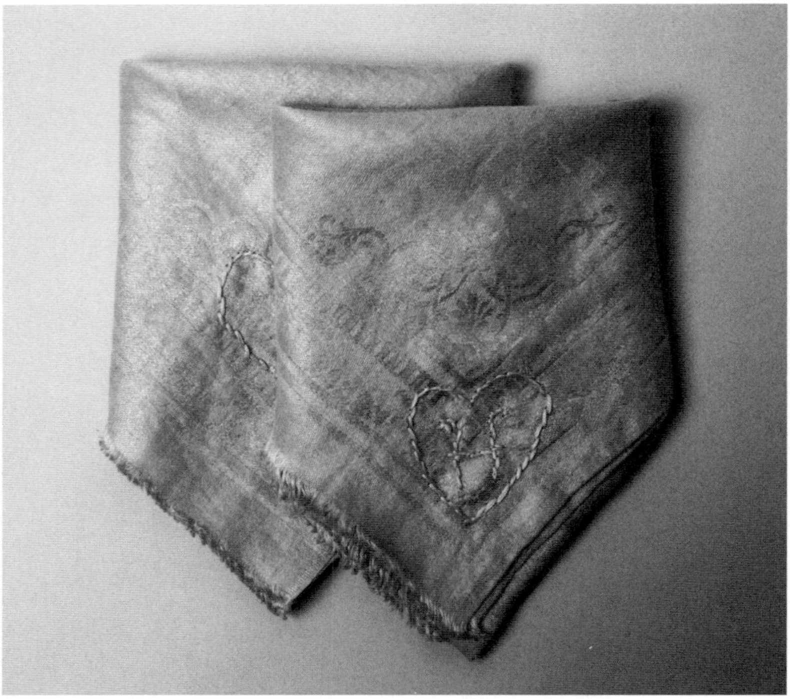

1035

LOT 1034

Handgeschreven lijstje

Handgeschreven lijstje achter op een envelop van Con Edison. De tekst luidt: *'Hoch Ybrig / Carr's Crackers / Groene jurk?? / Cetaphil / Servetten doen / Koffie / Sinaasappel / KitKat / broodje tonijn / amandelen.'*
20,1 x 10,2 cm.
Niet afgebeeld.
$5-10

LOT 1035

Een paar linnen servetten

Een paar originele, linnen servetten, met daarop twee door Doolan geborduurde harten, waarvan een de initiaal *L* omsluit en de ander de *H*.
35,6 x 35,6 cm.
$50-80 (2)

1036

LOT 1036

Handgeschreven briefje

Handgeschreven briefje op briefpapier van Château Marmont. De tekst luidt: *'Kamer 29 / x H.'*
10,2 x 19,1 cm.
$10-20

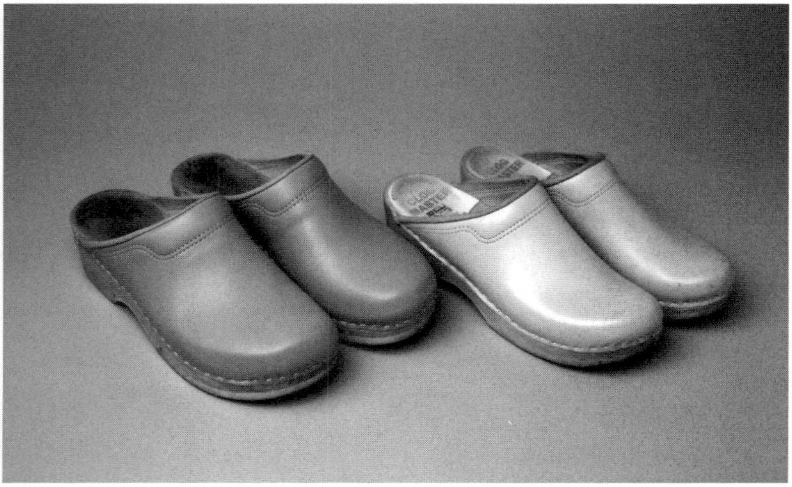

1037

LOT 1037

Twee paar Zweedse muilen

Twee paar Zweedse muilen van Sven of Sweden, 440½ La Cienega Boulevard. Het ene paar is kobaltblauw, maat 8 (dames), het andere rood, maat 11 (heren). Het leer vertoont enkele slijtplekken.
$30-50 (2)

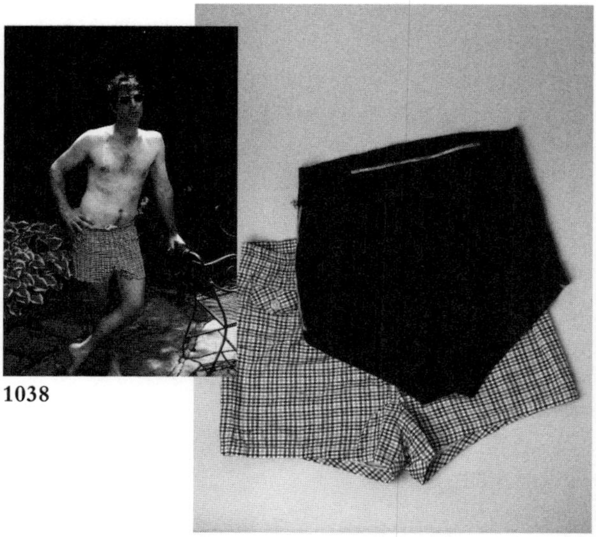

1038

1041

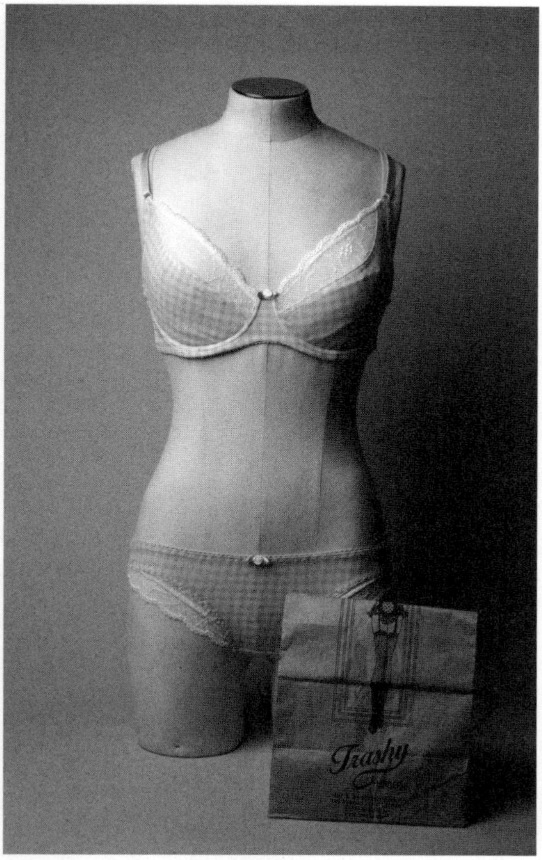

1039

LOT 1038

Vintage zwembroeken

Twee vintage zwembroeken: een uit de jaren dertig van bruine wol, de andere uit de jaren zestig met een rood met roze ruitjespatroon. Beide in goede staat, wol enigszins versleten.

$30-60 (2)

Tot het lot behoort een foto van Morris waarop hij in de geruite zwembroek naast een zwembad staat.

LOT 1039

Lingeriesetje

Een katoenen beha van lichtgroene gingang, met bijpassend broekje. Op het merkje staat 'Trashy Lingerie'. Maat S. Het originele zakje maakt deel uit van het lot.

$10-20

LOT 1040

Verzameling van zes muziek-cd's

Verzameling van zes muziek-cd's, in februari 2003 gekocht bij Amoeba Records in Hollywood. Titels: Marilyn Monroe, *Anthology*; Lou Reed, *Transformer*; France Gall, *Poupée de Son*; Joni Mitchell, *Blue*; Kinks, *The Singles Collection*; Johnny Cash, *American IV: The Man Comes Around*. Enkele krassen en slijtage op doosjes en cd's. 12,1 x 14,0 cm.
Niet afgebeeld.

$40-60 (6)

LOT 1041

Een bonbondoos

Roze bonbondoos van Charbonnel et Walker met daarin een zelfgemaakte valentijnskaart van Doolan aan Morris. De tekst luidt: *'Heer Morris, mijn Harold, / Chez kamer twentynijn / Jij, verfomfaaid en sexy / Met stoppels zo fijn / Ik zit hier in LA / Met valentijnsday / Om te fleppen en te slempen / Wil je niet de mijne zijn?'* 17,8 x 22,9 cm.

$35-45

1042

LOT 1042
Een serie foto's
Drie kleurenfoto's van het paar, genomen door Morris en Doolan, met moddermaskers. 10,2 x 8,9 cm.
$20-30 (3)

1043

LOT 1043
Empson, William
Seven Types of Ambiguity (New Directions, 1969). Paperback-editie, enigszins beduimeld. Op het schutblad staat in Morris' handschrift met balpen *'H. Morris'* geschreven, plus de tekst van het nummer 'Bandit' van Neil Young, waarvan een deel luidt: *'Try to get closer but not too close / Try to get through but not be through.'* 21,0 x 15,2 x 1,3 cm.
$10-20

1044

LOT 1044
Een compilatie-cd
Een cd getiteld *Valentine Lullabies for the Lenore I Adore*. Het doosje bevat een deel van een gefotokopieerde foto van Ed van der Elsken. Lijst met nummers: *Johnny Cash, 'If You Could Read My Mind' / Björk, 'Bachelorette' / George Harrison, 'My Sweet Lord' / Bee Gees, 'Hold On' / Nick Drake, 'Northern Sky' / Caetano Veloso, 'Love Me Tender' / Yoko Ono, 'Mrs Lennon' / John Lennon, 'Oh Yoko' / Neil Young, 'Bandit' / Beth Orton, 'Dolphins'.* 12,1 x 14,0 cm.
$20-30

1045

LOT 1045
Robbe-Grillet, Alain
The Voyeur (New Directions, 1966). Paperback - editie, enigszins beduimeld. Een handgeschreven brief van Jason Frank aan Morris, geschreven op briefpapier van het Resort Quest Hawaii, is ingevoegd. Een deel van de tekst luidt: *'Hoop haar gauw te ontmoeten. Vergeet Juliet! Kom op! Dat doe je altijd, aan iets nieuws beginnen en dan je ex missen. Volkomen gestoord. [Lenore] klinkt geweldig...'*
18,4 x 12,7 x 1,3 cm.
$12-25

1046

LOT 1046
Twee vingerhoedjes
Een vingerhoedje met een afbeelding van Ringo Starr en een met die van John Lennon. 2,5 cm hoog.
$4-10 (2)
Ringo was Doolans favoriete Beatle, John die van Morris.

1047

LOT 1047
Een agenda
Een agenda van het jaar 2003, met één dag per pagina, van Smythson of Bond Street. Bij 12 maart staat: *'Latte / Appel / Gratin / 1 rijstwafel / halve schijf ananas tarte tatin / Zalm / Rode wijn'*. Op de tegenovergelegen pagina: *'Latte met magere melk / Sushi / 2 appels / Cheeseburger / Latte / Chinees / Verontschuldigingen aanbieden / Recept voor cheddar-uientaart / Ideeën voor verhalen: bakken in oorlogstijd, wortelhalva / soort van ruzie om waterfles.'* Op de pagina is met plakband een boodschap uit een gelukskoekje geplakt: *'Val de bedoelingen en de daden van een geliefde niet al te hard af.'* 19,1 x 14,0 cm.
$15-25

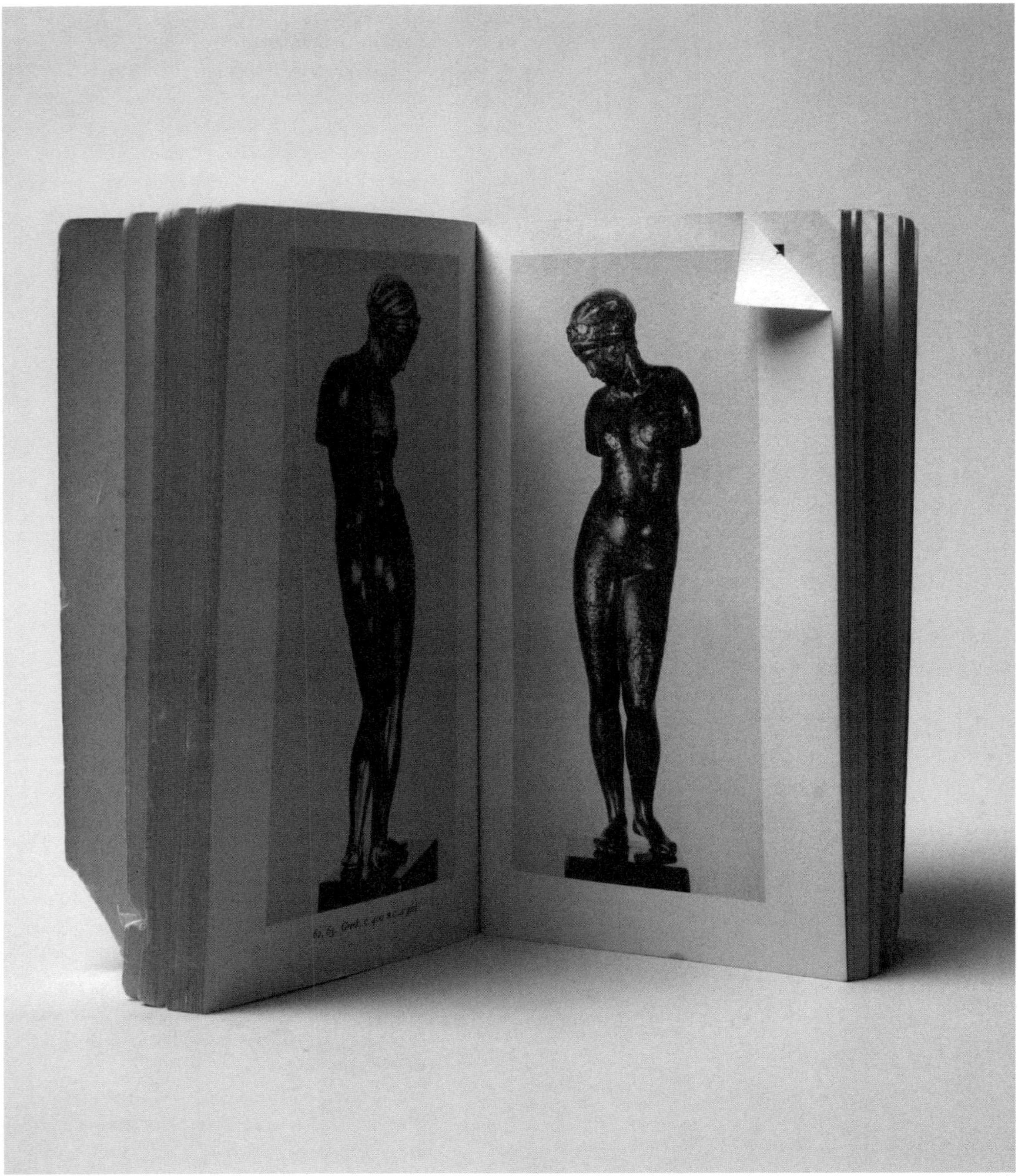

1048

LOT 1048

Clark, Kenneth

Paperbackuitvoering van *The Nude* (Doubleday Anchor Books, 1959). Stofomslag en rug beschadigd, ezelsoor bij pagina 140. Inschrift van Morris aan Doolan luidt: *'Fig. 63 doet me aan jou denken.'* 17,1 x 3,2 cm.
$10-20

1049

LOT 1049

Sarton, May

Kinds of Love (W.W. Norton, 1970), eerste druk. Goede staat. Enigszins vergeeld, oorspronkelijke stofomslag. Op de titelpagina heeft Doolan het woord *I* toegevoegd, de *s* van *Kinds* doorgestreept en het woord *You* toegevoegd.
22,9 x 15,9 x 3,2 cm.
$55-75

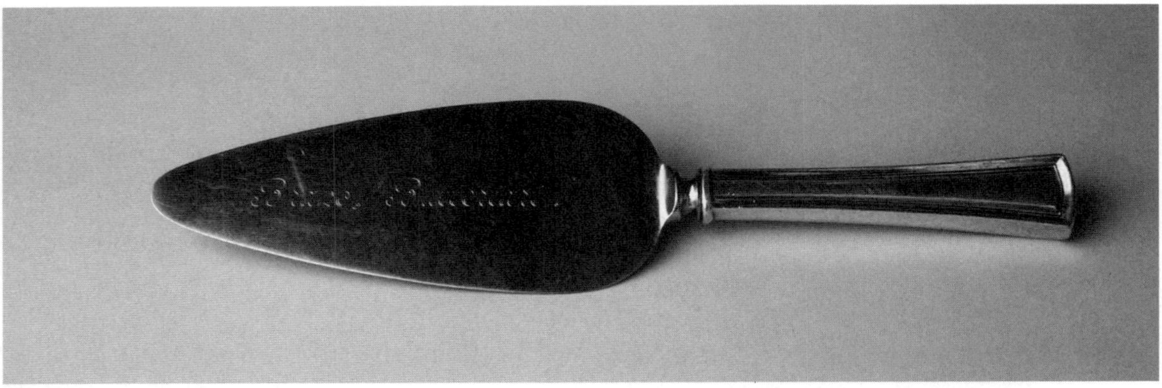

1051

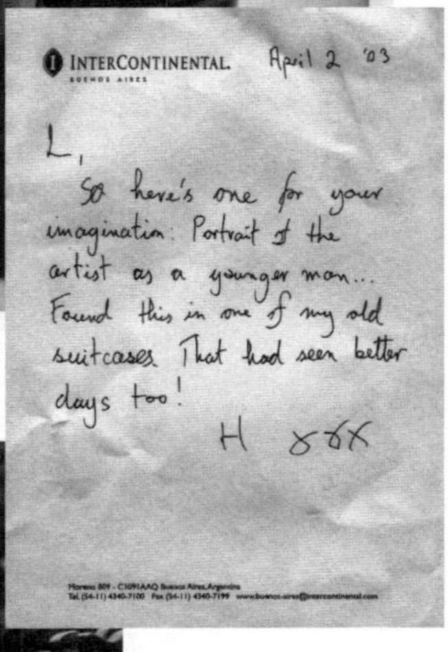

INTERCONTINENTAL
BUENOS AIRES
April 2 '03

L,

So here's one for your imagination. Portrait of the artist as a younger man... Found this in one of my old suitcases. That had seen better days too!

H xxx

1052

1053

LOT 1050

Krantenknipsel

Knipsel van Doolans eerste *Cakewalk*-column, gedateerd 31 maart 2003, over vruchtentaart. Titel: 'Génoise, doe me verbazen'. De column begint als volgt: *'Ik dacht altijd dat maraschinokersen waren voorbehouden aan Shirley Temples en schwarzwalderkirsch-taart uit de supermarkt...'* 18,8 x 16,1 cm. *Niet afgebeeld.*

$5-10

In maart 2003 maakte Doolan promotie en werd ze columniste van het culinaire katern van *The New York Times*, waarvoor ze geregeld, in een column met de naam *Cakewalk*, over gebak en taarten bakken schreef.

LOT 1051

Een antieke taartschep

Een antieke, verzilverde taartschep met daarin gegraveerd de woorden *'Bravo Buttertart'* ('Bravo Botermop'). 22,9 cm lang.

$50-60

LOT 1052

Een foto met brief

Een zwart-witfoto (zelfportret) van Morris op tweeëntwintigjarige leeftijd. Een deel van de tekst op de bijbehorende brief, geschreven met zwarte rollerball op papier met het briefhoofd van het Intercontinental Buenos Aires, luidt: *'L, Hier dan een om je verbeelding te prikkelen: portret van de kunstenaar als jongere man...'* 20,3 x 25,4 cm.

$25-30

LOT 1053

Een foto

Een foto van Doolan in een schandblok, op negenjarige leeftijd. Op een Post-it op de achterzijde staat: *'Toen jij 22 was, was ik 9. XO L.'* 15,2 x 10,2 cm.

$25-35

1054

LOT 1054
Serie foto's
Een serie foto's van Doolan die lippenstift opbrengt, genomen door Morris. 10,2 x 15,2 cm.
$80-100 (6)

LOT 1055
Een theaterprogramma
Een programma van *Life x 3* in het Circle in the Square Theatre. In de marge wisselt het handschrift van Doolan dat van Morris af: *'Heb trek / Waarin / Cheeseburger / Uitjes en champignons? / Getver / Milkshake? / Vanille / Frietjes of salade? / Duh! / In de pauze weg? / Vind jij het goed? / Ja / Ik hou van je.'* 21,6 x 14,6 cm.
Niet afgebeeld.
$10-15

LOT 1056
Vier houten vogels
Vier uit hout gesneden vogels, afkomstig van een vogelverschrikker. Op een ervan staat in balpen *'L+H'* geschreven en op een andere *'H+L'*.
Elk ca. 10,2 cm.
$25-50 (4)

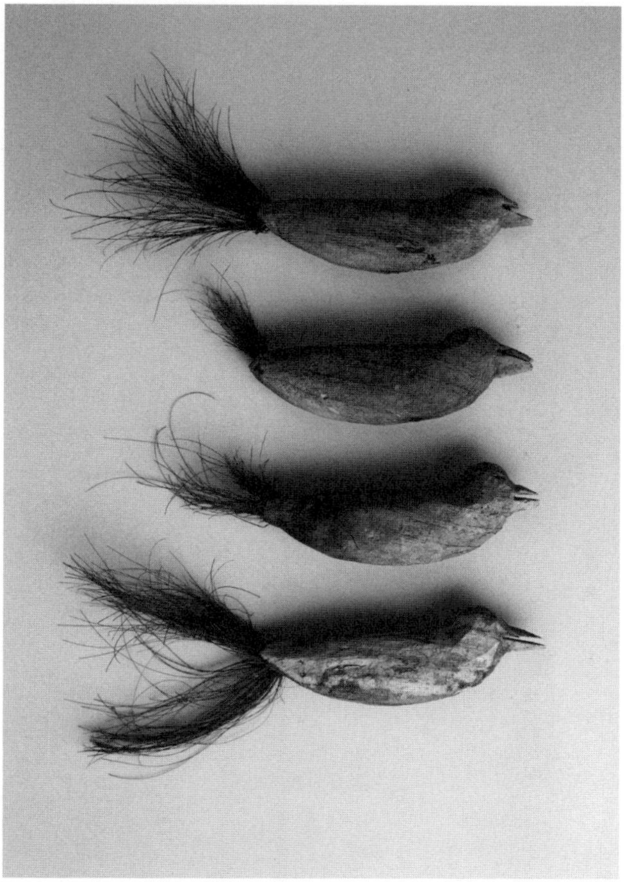

1056

LOT 1057
Een grapefruitmesje
Een grapefruitmesje met houten heft. In goede staat. 16,5 cm lang.
$10-20

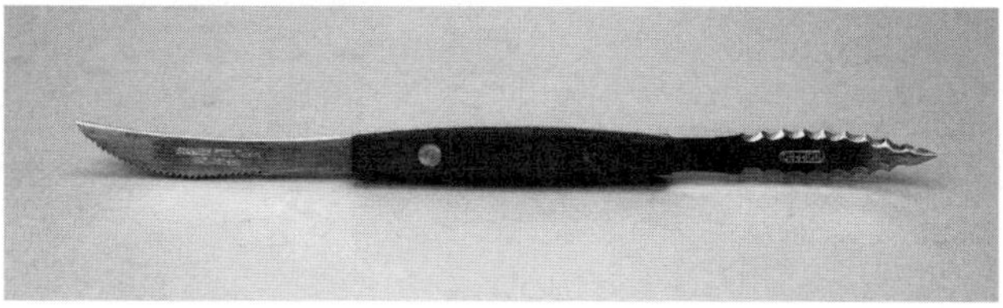

1057

1058

1059

1061

LOT 1058

O'Neill, Eugene

Twee paperbackedities van *Long Day's Journey into Night* (Monarch Press, 1985, en Yale University Press, 1989), in goede staat. Pagina's enigszins beduimeld. 20,3 x 14,6 x 0,64 cm.

$15-20 (2)

Morris en Doolan lazen hetzelfde toneelstuk wanneer Morris op reis was voor zijn werk.

LOT 1059

Een broche en een foto van een ezel

Een zilveren broche van een ezelskop, samen met een kleurenfoto van Copper, een ezel die Morris in april 2003 adopteerde in het Tamar Valley-ezelpark in Cornwall, Engeland. 15,2 x 10,2 cm.

$30-40

LOT 1060

Uitdraai van een e-mailbericht

Een e-mail van Doolans ex-vriend Hugh Nash, 30 april 2003. Een deel van de tekst luidt: *'Ben een paar weken hier, logeer bij tante Pam op de Upper West Side. Zou leuk zijn om bij te praten...'* Onder de e-mail staat in Doolans handschrift: *'Café Loup, vrijdag 20.00 u.'* 21,6 x 28,0 cm.

Niet afgebeeld.

$15-20

LOT 1061

Een pyjama

Katoenen herenpyjama, lavendelblauw met witte strepen, met op het merkje 'Coton Doux'.

Maat L.

$20-30

LOT 1062

Een handgeschreven briefje

Een krabbeltje op een Post-it, gedateerd 10 mei 2003. Tekst: *'Lenore, sorry dat we gisteravond ruzie hadden. Ik bel je vanuit mijn hotel. H x.'*

7,6 x 7,6 cm.

Niet afgebeeld.

$10-20

LOT 1063

Uitdraai van een e-mail met adresinformatie

E-mailcorrespondentie tussen Morris in Peru en Doolan in NewYork, gedateerd 13 mei. De tekst luidt:

Van: hmorris256@yahoo.com
Aan: lenore_doolan@nytimes.com
Datum: 13 mei 2003
Onderwerp: HOI

Het is taai onderhandelen met jou, maar ik aanvaard je voorwaarden. Dit zijn de mijne: gebruik van de stereo tijdens voornoemde uren om mijn Radiohead-treurzangen op af te spelen en dat je me vertelt waar je mijn zwarte spijkerbroek hebt verstopt. X. P.S. Er is niets om bang voor te zijn! P.P.S. Ben dol op mijn nieuwe pyjama maar heb er nu te veel. Hoe vaak moet je een andere aantrekken? P.P.P.S. Lima fascinerend. Je zou het eten heerlijk vinden! Voor mij te exotisch, hou het bij gegrilde kip. Pollo, pollo pollo... Marco... Pollo, x.

Op 12 mei 2003 om 20.00 uur schreef lenore_doolan:

Blij dat we elkaar gesproken hebben. Sorry dat ik zo'n stijfkop was; ik denk dat ik tegen de komende maand opzag, en ik bedoelde het allemaal niet zo. En ik baalde van die taaie soufflé. Ben ook niet gewend iemand over de vloer te hebben als ik vanwege mijn werk in een rotstemming ben. Wil je me een plezier doen: begrip voor chagrijnige buien op zondagavond en op sommige doordeweekse dagen tussen 7 en 8? Dan zal ik me beter gedragen. Hal, het is allemaal zo nieuw voor me, dat hele relatiegedoe, ik heb me nog nooit zo gevoeld en ik wil dat alles goed en perfect is. Ik denk dat ik een beetje bang ben. Misschien omdat ik me echt gelukkig voel. Kun je me volgen? Ik kan me niet voorstellen dat geluksgevoel niet te voelen. Dus je ziet Peru wel zitten?

Op 11 mei 2003 om 19.54 u. schreef hmorris256:

Btrmp: Dank voor het bellen en dat je het gesprek bent aangegaan. Het zijn nu eenmaal lastige dingen. Ik had meer geduld moeten hebben, maar ik weet dat het allemaal goed zit en absoluut de moeite waard is. De rest van de maand is mijn adres kamer 905, Miraflores Park Hotel, Av. Malecón de la Reserva 1035 Miraflores, Lima 18 Peru. x, Hal

28,0 x 21,6 cm.

Niet afgebeeld.

$15-20

LOT 1066 (LOT 1064 en LOT 1065 teruggetrokken)

Een droogbloem

Een gele roos uit een droogboeket dat Morris aan Doolan gaf in Crème de la Mer-verpakking. 442,5 cm^3.

$12-15

1066

LOT 1067

Flyer voor een popconcert

Kopie van flyer van Les Marrons Glacés, een band die optrad in Elevenses, een club in Brooklyn. Achterop staat: *'Nogmaals dank dat ik mocht blijven pitten, H xo.'* 25,4 x 15,2 cm.

$5-10

1067

1069

LOT 1068

Een krantenknipsel

Een knipsel van Doolans *Cakewalk*-column van 14 mei 2003 over taart voor bij de thee, getiteld 'Thee en 't ander'. De column begint als volgt: *'Het schemerlicht, een zekere rusteloosheid, een gevoel van twijfel: rond vieren sijpelt nostalgie de keuken binnen en gaan de gedachten uit naar wat had kunnen zijn...'* 19,1 x 6,4 cm. *Niet afgebeeld.*

$5-10

LOT 1069

Een verzameling gestreepte kledingstukken

Een trui van zuivere kasjmier, maat 2, met merkje 'DBA by Theodore'. Een gebreide rok, zonder merkje. Een gebreide schipperstrui, met verstelde kraag, zonder merkje. Een minirok, maat 38, met merkje 'Sonia Rykiel Paris'. Een jersey jurk, met merkje 'Cham Tex'. De bandjes zijn aan de schouders geknoopt.

$10-20 (5)

LOT 1070

Handgeschreven briefje en foto's van Morris uit een pasfotoautomaat

Handgeschreven briefje van Morris aan Doolan op een kaart van het Miraflores Park Hotel. Een deel van de tekst luidt: *'Sessie met NOG twee weken verlengd. Mis je en denk telkens aan je wanneer ik iemand streepjes zie dragen of overweeg cashewnoten uit mijn minibar te nemen en ze jou zie eten met ketchup. Goor maar charmant. Heb mijn haar laten knippen bij de kapper in de lobby. Paar foto's bijgesloten. Jij leuk vinden?'* 19,1 x 11,5 cm.

$20-35

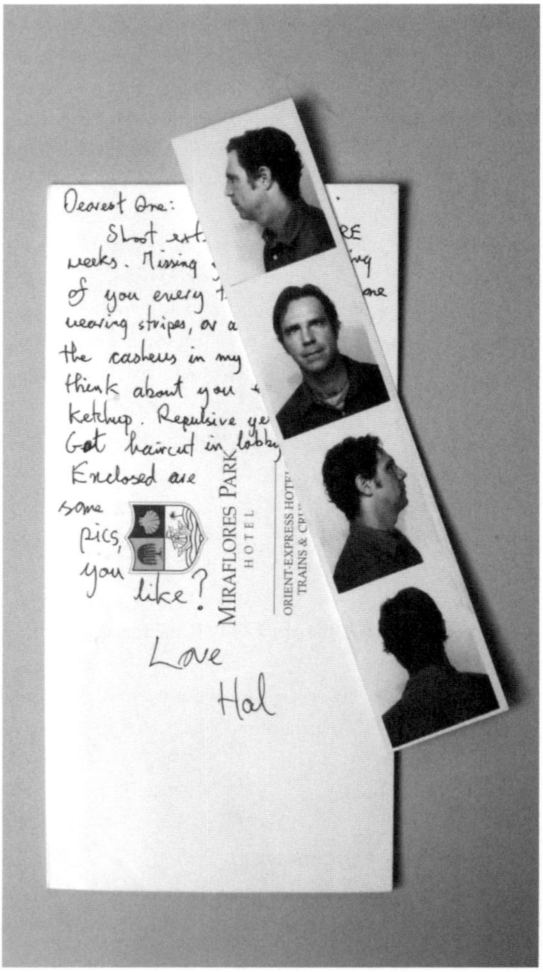

1070

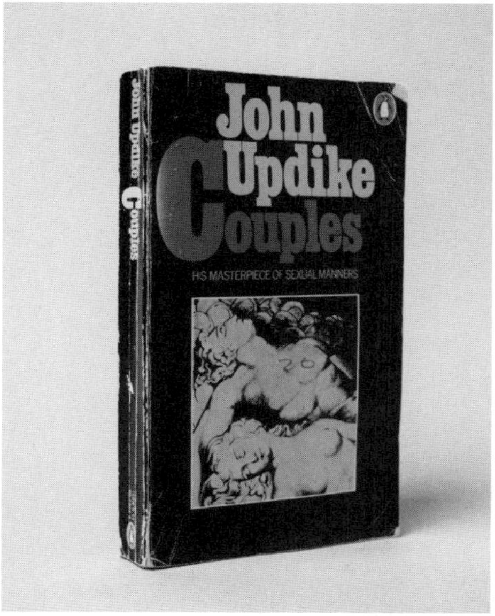

1072

1073

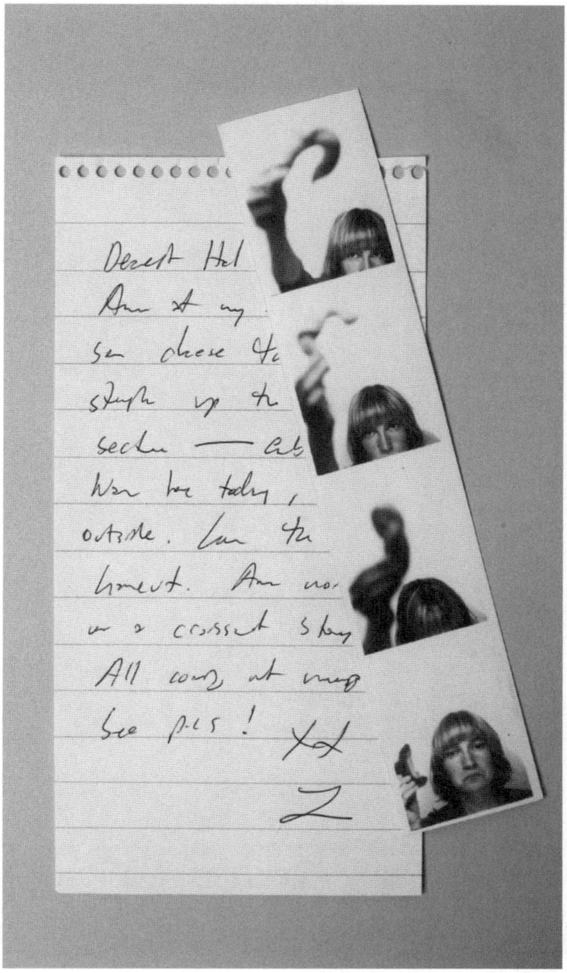

1071

LOT 1071

Handgeschreven brief en foto's van Doolan uit een pasfotoautomaat

Een handgeschreven briefje van Doolan aan Morris. Een deel van de tekst luidt: *'Vind kapsel mooi. Werk aan een verhaal over croissants. Gaat niet zoals ik wil. Zie foto's! XX.'*
19,1 x 10,5 cm.
$20-35

LOT 1072

Updike, John

Couples, paperbackeditie (Penguin Books UK, 1977). Pagina's hier en daar gescheurd en golvend, omslag sterk verkleurd. Op pagina 79 staat in Morris' handschrift in balpen de tekst van het nummer 'There There' van Radiohead geschreven. Een deel ervan luidt: *'Just cause you feel it doesn't mean it's there / We are accidents waiting.'*
18,4 x 13,0 x 2,5 cm.
$5-12

LOT 1073

Stapel papiertjes in een mok van Oscar Mopperkont

Een stapel papiertjes die tezamen de tekst *'Welcome Back Hal!'* vormen. Elke letter is geschilderd met waterverf en in een mok gestopt met daarop een afbeelding van Oscar Mopperkont uit *Sesamstraat* (geschilferd en met stukjes eraf).
9,5 cm hoog.
$20-30

1074

1075

LOT 1074

Een Peruaans vliegengordijn

Vliegengordijn bestaande uit wollen, met plantaardige verfstoffen gekleurde pompons. Door Morris cadeau gedaan aan Doolan. 1,54 x 1,22 m.

$10-20

Tot het lot behoort een foto van Doolan, waarop ze in een deuropening tussen de pompons staat. 15,2 x 10,2 cm.

LOT 1075

Een paraplu

Groene paraplu met leren handgreep. Door Hugh Nash laten liggen in Doolans appartement. In ingevouwen toestand 40,64 cm lang.

$10-20

Tot het lot behoort een foto van Morris waarop hij de straat oversteekt met de paraplu en een watermeloen bij zich. 15,2 x 10,2 cm.

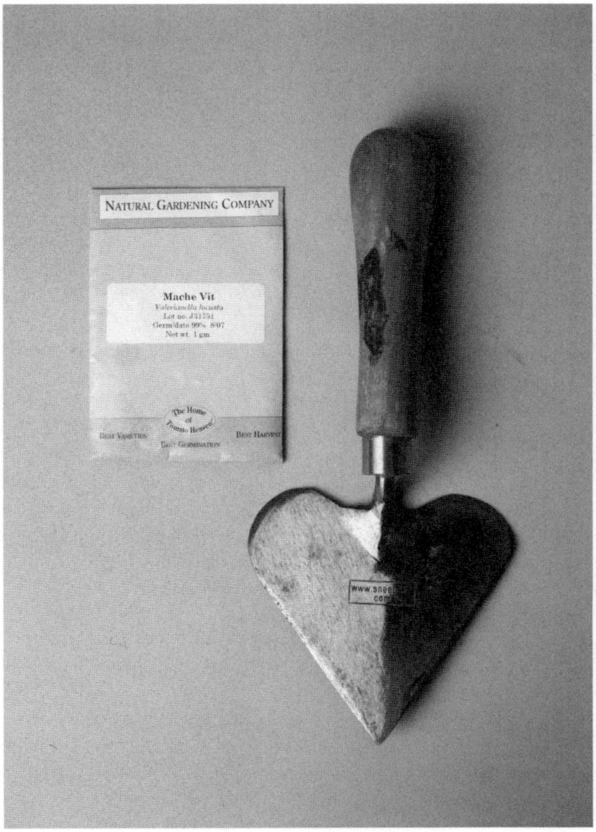

1076

1077

LOT 1076

Zaadzakje en een tuinschepje van Sneeboer

Een zakje met zaadjes voor veldsla en een tuinschepje van Sneeboer. Handvat en blad enigszins versleten. 25,4 cm lang.

$12-25 (2)

LOT 1077

Maurier, Daphne du

Don't Look Now and Other Stories, paperbackeditie (Penguin Books, 1999). Pagina's flink beduimeld, enkele sporen van water. Ingestoken zijn twee instapkaarten voor een vlucht met Delta Airlines van JFK naar Venetië, gedateerd 19 juni 2003. 17,8 x 10,8 cm (boek).

$5-15

LOT 1078

Twee reiskussens

Een van Frette, in een vaalgroen foedraal, en een lichtgrijs, opblaasbaar neksteuntje. Enigszins versleten. Verschillende afmetingen.

$10-20 (2)

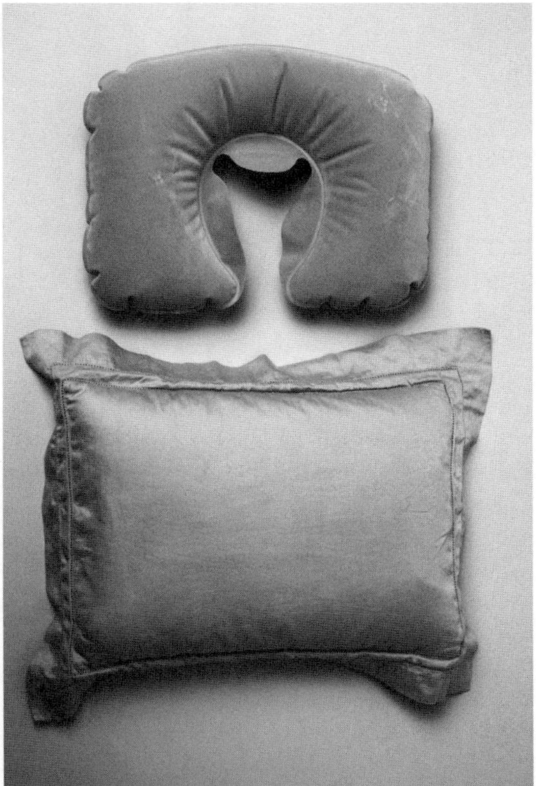

1078

1079

LOT 1079

Toilettas met inhoud

Reisnecessaire en cosmetica. De gestreepte necessaire, van Henri Bendel, bevat een assortiment make-up, toiletbenodigdheden en cosmetica, bestaande uit: een lippenstift van Chanel, met opschrift 'Sweet Nature'; een camoufleerstift 'Neutral Fair' van Clinique; een tube Rose-dagcrème van Dr. Hauschka; een tube vochtinbrengende crème 'Kiss My Face'; een lippenstift van Dr. Hauschka, kleur nr. 4; twee flesjes nagellak, een uit de lijn 'Did Somebody Say Party?' van OPI en een uit de lijn 'The Way We Were' van Essie; rouge van Nars, kleur 'Turkish Red'; een mascara van Revlon; vloeibare eyeliner 'Colorstay' van Revlon; twee haarelastieken met bolletjes; een haarelastiekje; 54 haarspelden; een tube La Roche-Posay Antihelios W Gel SPF 40; een potje vaseline; twee luciferboekjes, een van Odeon, het andere van het Union Square Café; een apothekersflesje met wellbutrin; een apothekersflesje met lorazepam; vier OB-tampons; een op recept verstrekte neusspray van Rhinocort Aqua; een apothekersneusspray van Nasonex; een proefflesje oogdruppels van Cromolyn; een tube tacrolimuszalf (op recept); een flesje OXY-lotion; een vaginale ring van Nuvaring in folieverpakking; een flesje aspirine van Bayer; een kralenketting; een flesje saliedeodorant van Weleda; een flesje Heinz-ketchup; een flesje Clear Eyes-oogdruppels; een flesje conditioner van Aveda voor na het douchen, type 'Elixir'; een nagelknipper; een pincet van Ms. Manicure; lippenbalsem van Chapstick; een doosje tandflos van Oral B; een plastic tandenborstel; twee condooms van Lifestyles; een paar oorbellen; een veiligheidsspeld; vier haarspeldjes; een ring van imitatieschildpad; een perspex ring uit de jaren zestig; een tube hydrocortisonzalf; een tube calendulacrème van Jurlique; een vilten klaproos; een flesje parfum 'Eva' van Santa Maria Novella.
$40-55

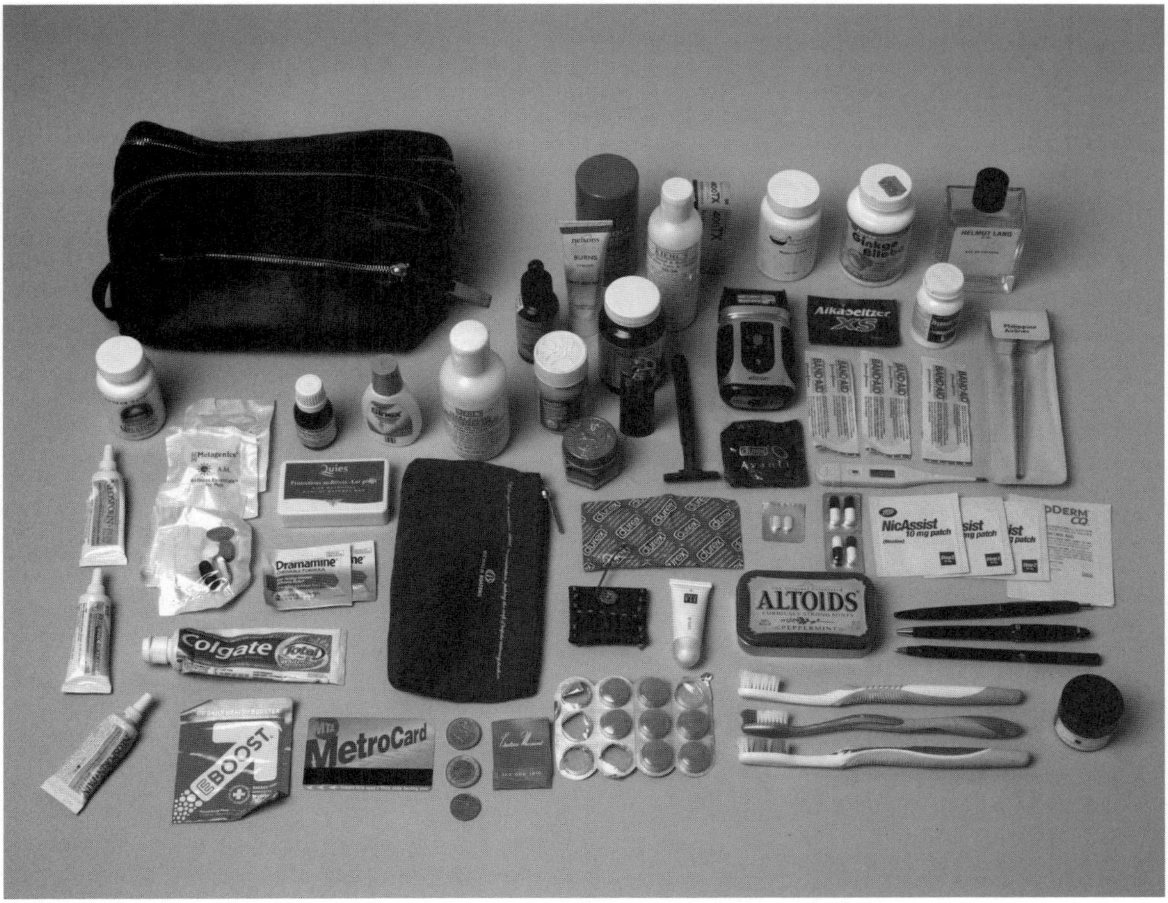

1080

LOT 1080
Herentoilettas met inhoud
Zwarte necessaire met drie vakjes met rits. Op het merkje binnenin staat 'Prada'. De inhoud bestaat uit: een tubetje Colgate Total-tandpasta; drie tandenborstels; een doosje met één rolletje Kodak Tri-X400 van 120 foto's; een flesje melatonine; een deodorant 'Skin Supplies for Men' van Clinique; een flesje hand- en bodylotion van Kiehl, type 'Aloe Vera and Oatmeal Musk'; een flesje vochtinbrengende crème 'Ultra Facial' van Kiehl; een flesje Ayurvedic Prescriptives Hyper-Acidity-tabletten; een flesje gingko-bilobacapsules van Jarrow; een flesjes eau de cologne van Helmut Lang; een flesje echinea-extract van Herb Pharm; een tube crème tegen verbrandingen van Nelsons; een potje Metagenics Somnolin-tabletten; een blauwe Bic-aansteker; een blauw wegwerpscheermesje van Gillette; een scheerapparaat van Eltron; een sachet Alka-Seltzer; een flesje Tylenol PM; drie wondpleisters; een condoom 'Avanti' van Durex; twee Durex-condooms; een potje tijgerbalsem; een flesje Pepto-Bismol; twee tubes Neosporin; een tube antibiotische zalf van CVS; een flesje ogentroosttinctuur van Neals Yard Remedies; een blikje Altoids-pepermunt; een pakje Simply Sleep; twee pakjes Tylenol PM-gelatinecapsules; drie nicotinepleisters van NicAssist; een nicotinepleister van NicoDerm CQ; een potje oogcrème 'Apricot and Aloe' van Jo Malone; een balpen van het Intercontinental Hotel; een leren zakje met twee halfedelstenen; een balpen van het Eliot Hotel; een balpen van het Palace Hotel in San Francisco; een doordrukstrip Strepsils; een luciferboekje van Château Marmont; een hoesje 'Virgin Upperclass' van Oswald Boateng; twee munten van één euro en één van tien cent; een metrokaart; een pakje Eboost-vitaminesupplement; twee pakjes Dramamine; een doosje Quies-oordoppen; een flesje Sinex; vier pakjes Metagenics Well - ness Essentials for Men; een rode tandenborstel van Phillipine Airlines in een doosje; een gevouwen, handgeschreven briefje op lijntjespapier, in Doolans handschrift, met de tekst: *'Bruin bikinitopje, op plank boven kluis'*.
$40-55

1081

1082

LOT 1081
Drie ansichtkaarten van Venetië
Een ansichtkaart met achterop een tekst in Doolans handschrift, die luidt: *'Ragazzo, ben naar de Piazza San Marco. Zien we elkaar om 16.00 u. bij de rode zuilen?'* Op de twee andere staat achterop een notitie in Morris' handschrift: *'Paar a-prezzi's! Jije ooke? Van harte! Amore, Hal.'* en *'Kon het niet over mijn hart verkrijgen je wakker te maken. Zit in bar hiernaast.'* 10,2 x 15,2 cm.
$20-45 (3)

1083

LOT 1082
Brodsky, Joseph
Watermark, paperbackeditie (Farrar, Straus and Giroux, 1993). Bij pagina 39 is een onverstuurde ansichtkaart van Doolan aan Kyle Kaplan ingevoegd, waarvan een deel van de tekst luidt: *'Allerlei leuke cadeaus van H – cursus Italiaans, een lief kookboek en een heerlijke, zware handdoek van Hermès (waren alle badhanddoeken maar zo zwaar). Baal dat ik op mijn verjaardag niet bij jou en Jess ben, maar vermaak me hier uitstekend. Beetje bewolkt maar mooi. Tikje onheilspellend – erg Visconti en Talented Mr. Ripley...'* 18,4 x 13,3 x 0,6 cm.
$5-15

LOT 1083
Een handdoek
Handdoek met konijnenprint, met aan de rand het opschrift 'Hermès Paris'. Enigszins versleten en verbleekt. 88,9 x 147 cm.
$30-50

1084

LOT 1084

Fisher, M.F.K.; twee 45-toerenplaten

How to Cook a Wolf, eerste druk (Duell, Sloan and Pearce, 1942). In goede staat, oorspronkelijke stofomslag intact, rug verkleurd en licht beschadigd. Opdracht op schutblad luidt: *'Voor lieve Lenore, fijne 27ste verjaardag, Venetië 2003, Heb je hongerige Harold lief.'* Ingestoken is een briefje in Doolans handschrift, op papier met briefhoofd van Locanda Cipriani, waarvan de tekst luidt: *'Café longo / bellini / tosti / bigoli / biblioteca / Ca' Rezzonico / Oliva Nera / Byron hield van zwemmen / Hal draagt zonnebril in zijn haar / Paolin / Lido.'* Tot het lot behoren twee 45-toerenplaten, die achter het omslag van het boek zijn gestoken: 'El can de Trieste' van Lelio Luttazzi en 'Continueranno' van Gli Anni Felici. Verschillende afmetingen.
$200-250

LOT 1085

Een notitieblokje

Doolans gele notitieblokje, met spiraal. De aantekening van 23 juni luidt: *'Vannacht gedroomd, zocht de naam "Ghost" in een Italiaans telefoonboek, toen een vampier. Er is een vrouw, en ik sta in de rij om te worden gedood en zelf vampier te worden. Ben bang en wil niet dat het gebeurt. Ik zie de man van de vaporetto, en we wisselen een blik. Foccacia / Grissini / Piadina Romagnola / Pan di Ramerino / Ciabatta / Amaretto Zuccotto / Taart / Postzegels.'* Onder aan de lijst, in Morris' handschrift, staat geschreven: *'Waar wil Lenore vanavond eten? Is de conciërge te vertrouwen? Waarom bestelt Lenore altijd salades zonder dressing? Hoe zeg je "Thousand Island" op z'n Italiaans?'* 19,1 x 10,5 x 0,6 cm.
$20-25

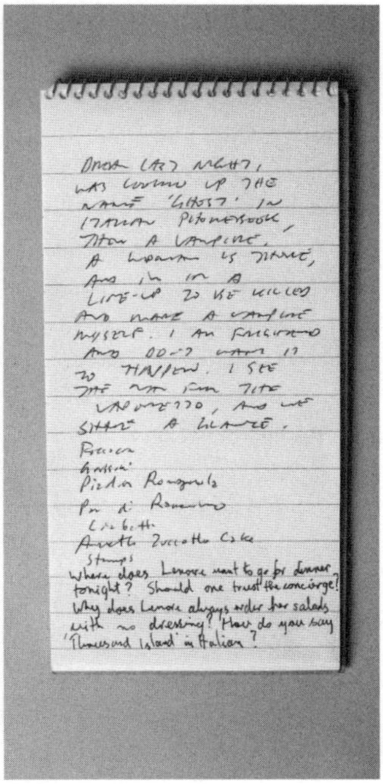

1085

1086

1087

LOT 1086

Een serie van vier foto's

Een foto van Doolan met haar haar in een handdoek van een hotel gewikkeld. Een van het spaghetti-etende paar. Een van Morris die een spritzer drinkt op het terras van Locanda Cipriani. Een van het paar in een restaurant. 10,2 x 15,2 cm.

$30-40 (4)

LOT 1087

Twee bordjes

Twee Italiaanse waarschuwingsbordjes met de tekst ATTENTI AL CANE erop. Gekocht in Milaan op de terugreis vanuit Venetië.

10,2 x 25,4 cm.

$30-50 (2)

LOT 1088

McCarthy, Mary; Steves, Rick

Venice Observed (Harcourt Brace Janovich, 1963) en *Rick Steves' Italian* (Avalon Travel, 1999). In goede staat, pagina's enigszins beduimeld en vergeeld. In Doolans handschrift staat op de binnenkant van het omslag van *Venice Observed*: *'Koffie / Pane / Spaghetti carbonara met ansjovis / Salade / Gelato (stracciatella) / Kalfsdinges / Polentataart / Cakewalk moet af / Gehuild onder de douche / H sms't, drinkt en rookt de hele avond op het balkon.'* Verschillende afmetingen.

$10-20 (2)

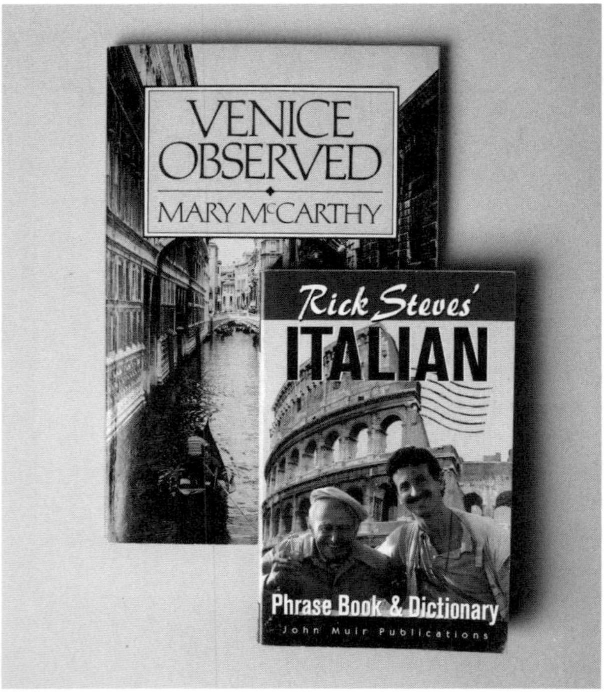

1088

1089

1090

LOT 1089
Levy Beranbaum, Rose
The Cake Bible, gebonden editie (HarperCollins, 1993). In goede staat, met enkele vlekken en enigszins beduimeld. Achter het omslag is een onverstuurde brief van Lenore Doolan aan Ann Doolan ingestoken, waarvan een deel van de tekst luidt: *'Anny, was een droomreis tot aan het moment dat we een taxi naar het vliegveld van Milaan namen. De chauffeur reed idioot snel en ik was doodsbang omdat er geen gordels waren. Ik vroeg Hal hem in het Italiaans te verzoeken langzamer te rijden, maar hij lachte alleen maar en zei dat het goed was zo. Ik hield vol dat ik bang was en hij rolde met zijn ogen. Dus vroeg ik de chauffeur in het Frans of hij langzamer wilde rijden, wat hij verstond. Hal sprak de hele terugvlucht geen woord met me, en ik was al even kwaad. Het was verschrikkelijk. Het is allemaal anders nu. Ik hou heel veel van hem, maar het is net alsof we geen ruimte voor elkaar hebben. Ik ben bang dat het uit gaat...'* Lichtroze Vergé de France-papier van G. Lalo. 20,3 x 14,5 cm.
$20-35

LOT 1090
Ford, Richard
The Sportswriter, paperbackeditie (Vintage, 1995). Een notitie aan de binnenkant van het omslag luidt. *'Draai 7 ter bevestiging 46578 / Valium (blauwe) / Xanax (witte) / Cylexa (kleine witte) / Kath.'* In balpen staat op het achterschutblad in Morris' handschrift de tekst van het nummer 'Game of Pricks' van Guided by Voices: *'You could never be strong / You can only be free.'* Ingesloten is een brief van Jason Frank aan Morris, op briefpapier van het Park Hotel in Honesdale, Pennsylvania. Een deel van de tekst luidt: *'Heb je brief ontvangen, klinkt alsof jullie een fantastische tijd in Venetië hebben gehad. Ben de derde week van juli in L.A. Ben jij er dan?'*
18,4 x 13,0 x 1,3 cm.
$5-15

LOT 1091
Een krantenknipsel
Een knipsel van Doolans *Cakewalk*-column van 1 juli 2003, over panpepato. Titel: 'Bitterzoete doorbijter: specerijenkoek uit Siena'. De column begint als volgt: *'Niet alle koek is zoet...'* 21,6 x 6,4 cm.
Niet afgebeeld.
$5-10

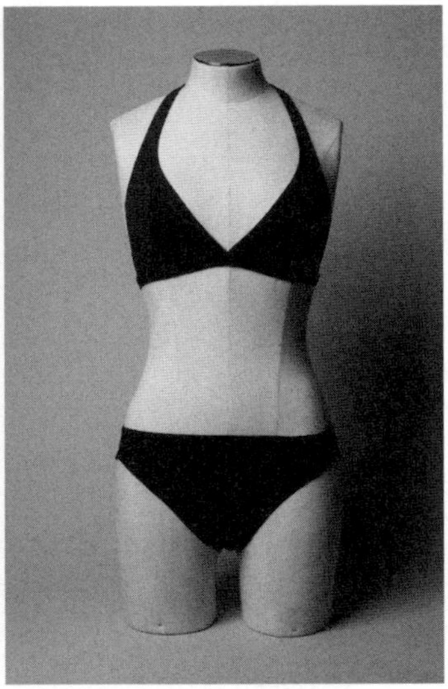
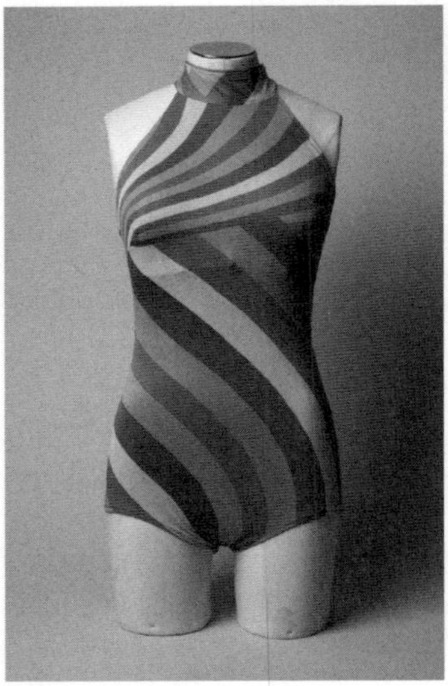
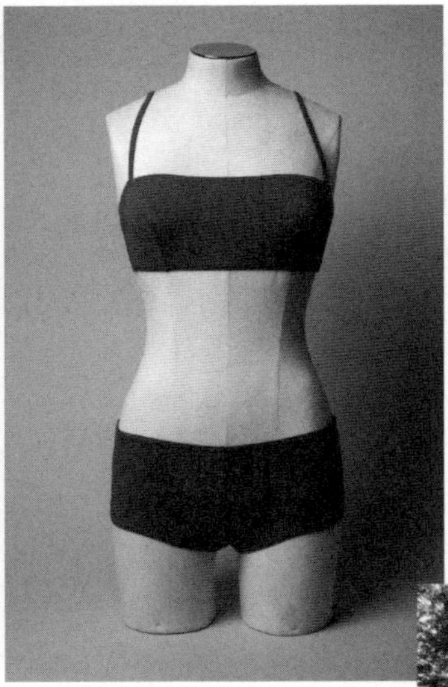
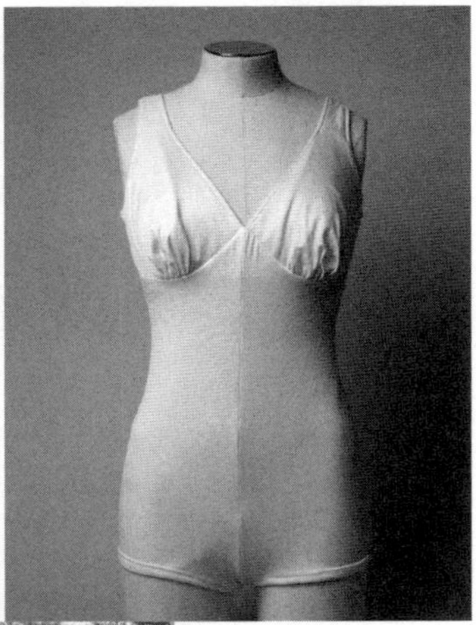

1092

LOT 1092

Zes badpakken en bikini's

Een zwarte veterbikini met merkje 'Triumph International Soleil'. Een aan de zijkanten open badpak met *mod*-motief uit de jaren zestig, zonder merkje. Een bruine bikini met halternek, met merkje 'Eres'. Een roze met olijfgroen, rood en geel gestreept badpak, zonder merkje. Een rode bikini met recht bovenstukje, met merkje 'APC'. Een jarenvijftigbadpak, met merkje 'Sea Queen'.

$15-40 (6)

Tot het lot behoort een foto van Doolan waarop ze het Sea Queen-badpak draagt. De foto werd genomen in het huurhuis in Orient Point dat Morris deelde met zijn vrienden Jason Frank, Toby Cwir en diens vriendin, Alicia Diaz. 10,2 x 15,2 cm.

1093

1094

LOT 1093
Een ingelijste foto
Een ingelijste zwart-witfoto van Morris met surfplank. Fotograaf onbekend.
21,6 x 16,6 cm.
$15-20

LOT 1094
Een groepsfoto
Een groepsfoto in kleur van Morris, Cwir, Frank, Doolan en Diaz, die in Orient Point Triviant spelen. 10,2 x 15,2 cm.
$15-20

LOT 1095
Enkele rommelmarktartikelen
Een gebonden boek met de titel *Adventures with Hal* van Gladys Baker Bond (Whitman, 1965). Een biscuit buste van Niobe. Vijf verschillende borden.
$10-30 (7)

LOT 1096
Een serie kaarten
Wegenkaarten van een reis per auto naar Guelph in Ontario, voor een bezoek aan Doolans familie. Verschillende afmetingen.
Niet afgebeeld.
$15-25 (3)

1095

1097

LOT 1097

Een receptenboek

Een boek met handgeschreven recepten, aan Doolan geschonken door haar oma van moederszijde, Glenda Lucas, die in de jaren zestig restaurants besprak in de *Toronto Star*. 20,3 x 15,2 cm.
$40-70

1098

LOT 1098

Verzameling theedoeken

Drie originele theedoeken uit het huis van de familie Doolan: een met 'London Fog' erop, een met calorieëntabel en een met Amerikaanse presidenten. Allemaal versleten, sommige met vlekken. Respectievelijk 61,0 x 40,6 cm, 50,8 x 35,6 cm en 50,8 x 40,6 cm.
$10-20 (3)

1099

LOT 1099

Foto van een deken op een gazon

Een kleurenfoto van een gehaakte deken op het gazon van de Doolans, waar Morris en Doolan sliepen in een poging de hitte aan het einde van augustus te ontvluchten. 216,0 x 123,0 cm.
$20-30

1100

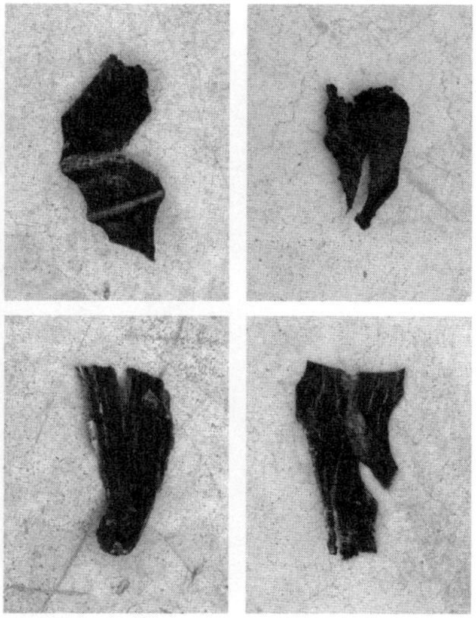

1102

1101

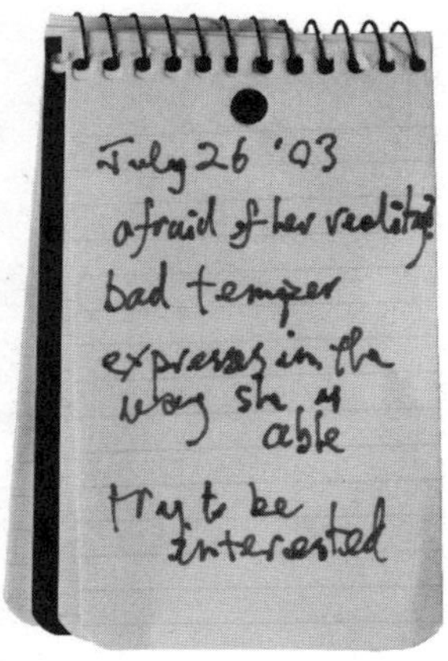

1103

LOT 1100

Zes cd's

Zes muziek-cd's van The Fall, de *Peel Sessions*. Tot het lot behoort een briefje in Doolans handschrift met de tekst *'Sorry van de cd. Ik werd helemaal gek in dat verkeer. Heb Kyle deze voor je laten branden! X.'*

$10-15 (6)

LOT 1101

Ingelijste foto van Doolan en Morris

Een foto, in zilverkleurige lijst, van Doolan en Morris achter in de auto van de familie Doolan. Foto genomen door Tracey Doolan, de moeder van Lenore. 12,1 x 17,1 cm.

$10-20

LOT 1102

Reeks van vierentwintig foto's

Door Morris genomen foto's van verschillende stukjes gedroogd rundvlees. 17,8 x 12,7 cm.

$20-30 (24)

LOT 1103

Een notitieblokje met spiraalband

Klein, groen notitieblokje met spiraalband, door Morris bijgehouden tijdens zijn sessies met dr. Jay Zaretzsky. Een deel van de tekst luidt: *'26 juli 2003: bang voor haar realiteit? / slecht humeur / uit zich op de manier die in haar vermogen ligt / probeer belangstellend te zijn.'* 11,4 x 7,6 cm.

$12-25

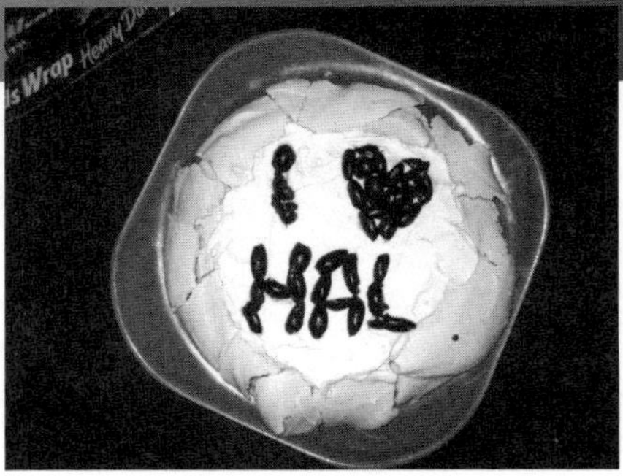

1104

LOT 1104

Verjaarscadeaus, verjaardagskaart en briefje

Een gestreept herenoverhemd, met merkje 'Steven Alan', maat M. Ongebruikte cadeaubon voor lessen Italiaans koken op het Culinary Institute. Een ketchupwringer van Wimpy's. Een paperbackeditie van het scenario van *Blow-Up* van Michelangelo Antonioni (Modern Film Scripts, Simon & Schuster, 1971). Zelfgemaakte verjaardagskaart van Doolan voor Morris, gedateerd 6 september 2003. De tekst van de kaart luidt: *'De ketsup is voor de Hal uit het verleden, het hemd voor de Hal van het heden, de lessen voor de Hal van de toekomst. Fijne 40ste verjaardag!'* De tekst van een in balpen en in Morris' handschrift geschreven briefje achter op een reisschema luidt gedeeltelijk: *'Liefste, sorry van gisteravond, voel je als-je-blieft niet aangesproken wat de taart betreft, ik heb altijd een hekel gehad aan merengue en dacht dat ik dat gezegd had. Hij zag er prachtig uit! En ik hoop dat je begrijpt dat ik mijn verjaardag met Jase en Toby moest vieren – jongensding, god weet waarom – maar ik stond in dubio. Dank voor je begrip...'*

$50-100 (5)

Tot het lot behoort een foto van een grote schuimtaart. 10,2 x 15,2 cm.

1105

1106

1107

1108

LOT 1105
Een handgeschreven lijst
Een lijst op geel kleinfoliopapier, in Doolans handschrift. De tekst luidt: *'Voordelen: Lol, goede seks, andere wereld, reizen, kunst / Nadelen: Depressief – drinkt hij? Fixatie op roem, slechte adem, altijd op reis, geeft niets om eten, gereserveerd.'* Het papier is vijf keer dubbelgevouwen. 35,6 x 21,6 cm.
$10-15

LOT 1106
Een uitnodiging
Een uitnodiging voor een Halloween-feestje, 31 oktober 2003, gegeven door Morris' goede vrienden Rekha Subramanian en Paulo Vitale. 13,3 x 10,2 cm.
$5-10

LOT 1107
Een foto
Kiekje van Morris en Doolan, verkleed als Benjamin Braddock en Mrs. Robinson. Fotograaf onbekend. De afdruk is gevouwen. 15,2 x 10,2 cm.
$20-30

LOT 1108
Een foto
Een foto, genomen op een afscheidsfeestje voor Doolans collega Adam Bainbridge. Fotograaf onbekend. 10,2 x 15,2 cm.
$15-20

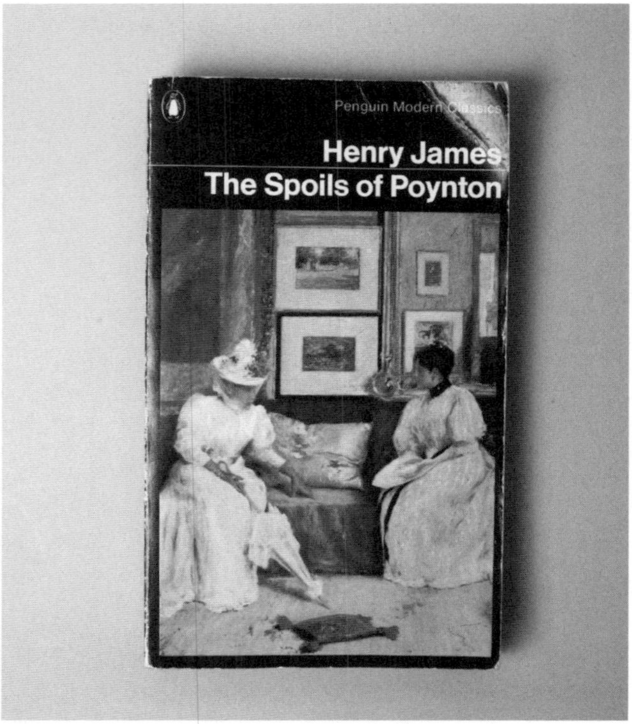

1110

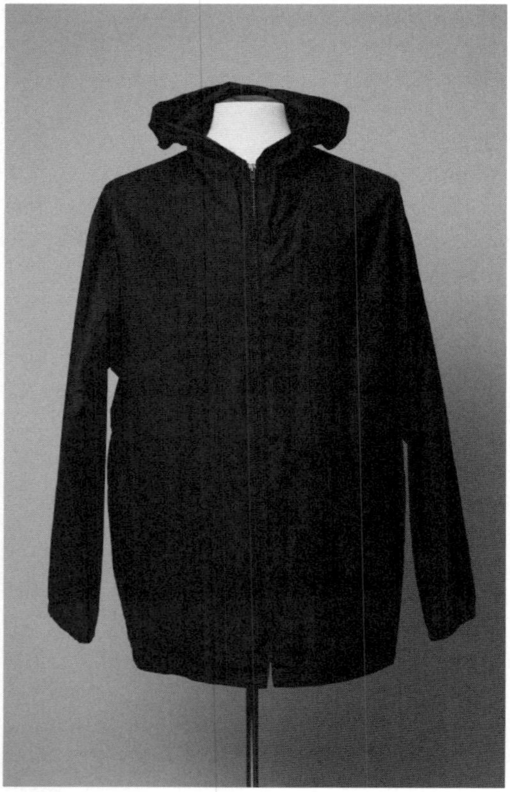

1111

LOT 1109

Een krantenknipsel

Knipsel van Doolans *Cakewalk*-column van 5 november 2003, over worteltaart in oorlogstijd. Titel: 'Chic voor weinig: een zoeternij van wortels'. De column begint als volgt: *'Koken vanuit het idee dat je je moet behelpen, dat je vindingrijk en zuinig moet zijn, loont de moeite...'* 17,8 x 6,4 cm.
Niet afgebeeld.
$5-10

LOT 1110

James, Henry

The Spoils of Poynton, paperbackeditie (Penguin, 1971). Ingesloten is een nooit verstuurde brief op geel kleinfoliopapier, in Doolans handschrift, waarvan een deel van de tekst luidt: *'Lieve Hal, De moed is me zo in de schoenen gezonken dat ik gisteravond vroeg ben gaan slapen en de telefoon mee naar bed heb genomen voor het geval je zou bellen. Je hebt de hele week niet gebeld.* ~~*Toe Hal, na zo'n vreselijke ruzie.*~~ *Je zei altijd 'Bel maar gewoon,' maar als ik dat doe, de laatste tijd, slaap je of klink je steevast alsof ik je stoor, op die manier kan ik niet praten. Wees er alsjeblieft gewoon, na zo'n vreselijke ruzie, zelfs als je boos bent, alsjeblieft. We moeten toch kunnen praten...'*
25,4 x 20,3 cm.
$5-10

LOT 1111

Herenregenjas

Marineblauwe herenregenjas met capuchon, met merkje 'Helmut Lang'. Maat M. In goede staat. In de linkerzak zit een handgeschreven briefje van Allison Slater, Morris' voormalige assistent, aan Morris. De volledige tekst luidt: *'Lieve Hally, Dank voor je advies en voor de heerlijke lunch. Ik zal de boeken die je aanraadde opsnorren en verslinden. Ik heb je raad altijd ter harte genomen, en vooral nu, nu mijn relatie met Brian bijna voorbij is, is elk advies hoe je waardig, mild en zonder angst verder kunt welkom. Ik heb altijd bewondering gehad voor je spirituele kijk op de zaken. God, waarom is de liefde zo moeilijk? Hoe gaat het met jou en met je nieuwe vriendin? Namaste, Allison.'*
17,8 x 22,9 cm.
$10-20

LOT 1112

Een driedelig pak

Een vintage, driedelig pak van bruine tweed, met op het label 'Made in Poland'. Met Thanksgiving 2003 door Doolan aan Morris gegeven. In het gilet zit een zelfgemaakte kaart waarop staat: *'Fijne verjaardag Hal! Veel liefs en eindeloos veel tweed, Lenore.'*

$40-60

Tot het lot behoort een foto van het paar, genomen door Jason Frank. Morris heeft daarop het pak aan.

LOT 1113

Een paar sokken en een kaart

Een paar oranje sokken van Thomas Pink Co., op Heathrow Airport. Met Thanksgiving 2003 door Morris gegeven aan Doolan. Gaat vergezeld van een zelfgemaakte kaart met de tekst. *'Favoriete momenten van het jaar: 1. Toen je bij Wallse vroeg of je mijn aardappelsalade mocht proeven. / 2. Toen ik je in Harry's Bar trof nadat ik dacht dat ik je kwijt was geraakt. / 3. Toen je in bed Nivea opdeed en het nummer 'Big Star' neuriede. / 4. Toen je door rood licht overstak om wodka te halen. / 5. Toen ik je voor het eerst met leesbril zag. / 6. Toen dat dansende cakeje ons allebei koud liet. / 7. Toen je terugkwam van de delicatessenzaak met mijn trui en jas aan, nadat je Neosporin voor me had gehaald.'*

10,2 x 14,0 cm.

$10-30

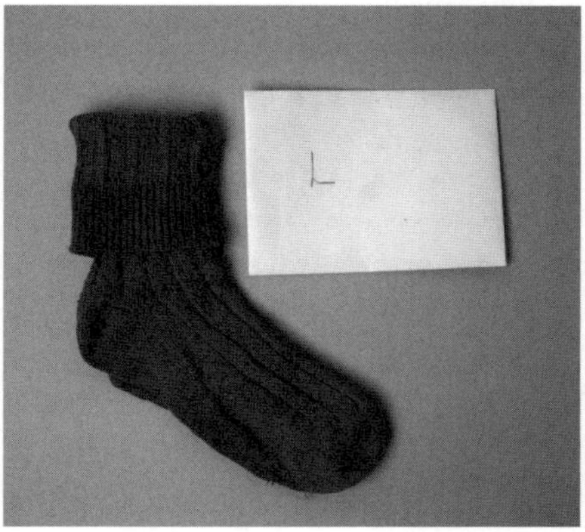

1113

1112

1114

1115

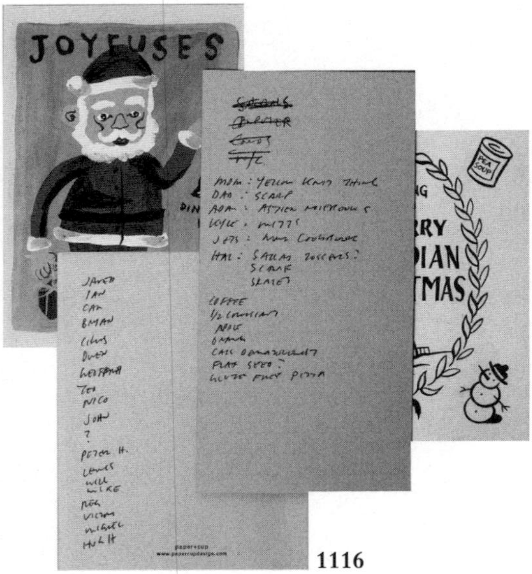

1116

LOT 1114

Een kleurenfoto

Een foto van Doolan met taart en een van Doolan met een cocktail, tijdens Thanksgiving, genomen door Marianne Grau. Plakbandresten in de hoeken. 10,2 x 15,2 cm.

$10-20

LOT 1115

Fitzgerald, F. Scott

The Great Gatsby en *Tender Is the Night*, gebonden editie, rug vertoont enige slijtage (Charles Scribner's Sons, 1962). In balpen staat op p. 203 in Morris' handschrift de tekst geschreven van het nummer 'Only Living Boy in New York' van Paul Simon, waarvan een deel luidt: '*Half of the time we're gone but we don't know where / And we don't know here.*' 22,9 x 15,9 x 3,2 cm.

$5-15

LOT 1116

Verzameling uitnodigingen

Vier uitnodigingen voor een kerstfeest. Verschillende afmetingen. Achter op een ervan staat geschreven, in Doolans handschrift: *'Mam: geel gebreid geval / Pap: sjaal / Adam: Astier-opschrijfboekjes / Kyle: Handschoenen / Jess: Moro-kookboek / Hal: saladebestek? / Sjaal, Schaatsen / Koffie / ½ croissant / appel / sinaasappel / dermatoloog bellen / vlaszaad? / glutenvrije pizza.'* Achter op een van de andere staat geschreven: *'Jared, Ian, Cam, Bryan, Chris, Owen, Geoffrey, Ted, Nico, John, ?, Peter H., Lewis, Will, Mike, Reg, Victor, Miguel, Hugh.'*

$5-15 (4)

1117

1118

1119

LOT 1117

Een kerstboompje

Een kerstboompje, bespoten met kunstsneeuw. 33 cm hoog.

$12-20

LOT 1118

Een kerstkaart

Een kaart van Doolans ouders. Gericht aan *'Howard & Lenore'*. 17,8 x 10,2 cm.

$15-25

LOT 1119

Peper-en-zoutstel in de vorm van twee honden

Een peper-en-zoutstel in de vorm van twee teckels. Door Morris' moeder gegeven aan Doolan. Niet gebruikt.

7,6 cm lang.

$10-20

Nadat Morris tegen zijn moeder had gezegd dat Doolan van honden hield, gaf Eleanor Morris Doolan op feest- en verjaardagen allerlei cadeaus in de vorm van honden.

1120

LOT 1119a

Parfumflacons

Drie flacons van het parfum 'L'Ombre dans L'Eau' van Diptyque, een van 480 ml en twee van 240 ml. Alle in goede staat.

Niet afgebeeld.

$10-20 (3)

Doolan gebruikte uitsluitend dit parfum nadat Morris haar in december 2003 een flacon cadeau had gedaan. Doolan spaarde de lege flesjes.

LOT 1120

Een verzameling geschenkartikelen

Een paar ijshockeyschaatsen, herenmaat 11, zwart nylon en plastic met witte details, met in wit de tekst 'Bauer' op de hiel. Herensjaal van een mengsel van wol en kasjmier, zwart-wit geruit, met op het merkje 'Maxfield'. Antiek slabestek met heften van groene keramiek. Verschillende afmetingen.

$40-55 (3)

Gaat vergezeld van een foto waarop Morris de sjaal om heeft.

1121

LOT 1121

Een verzameling geschenkartikelen

Een originele, draagbare typemachine van Olivetti uit 1968, in goede staat. Een ansichtkaart met een afbeelding van Jezus. Een ouderwetse, groen-met-roomkleurige koekjestrommel, met enkele deukjes, in goede staat. Een paar lange, mauve, suède dameshandschoenen, met op het merkje 'Barneys, New York'. Verschillende afmetingen.

$40-55 (4)

Gaat vergezeld van een foto van Doolan met de typemachine.

LOT 1122

Een krantenknipsel

Een knipsel van Doolans *Cakewalk*-column van 28 december 2003, over *parkin*, een soort gemberkoek. Titel: 'Een schat gedrenkt in stroop'. De column begint als volgt: *'Kunt u onmogelijk de verleiding weerstaan om met een ingepakt cadeau te schudden? Dan is deze cake niet aan u besteed...'*

17,8 x 6,4 cm.

Niet afgebeeld.

$5-10

LOT 1123

Een uitnodiging

Een uitnodiging voor een diner in avondkleding ter gelegenheid van een nieuwjaarsfeest van *The New York Times* in de Century Club.

15,2 x 15,2 cm.

Niet afgebeeld.

$5-10

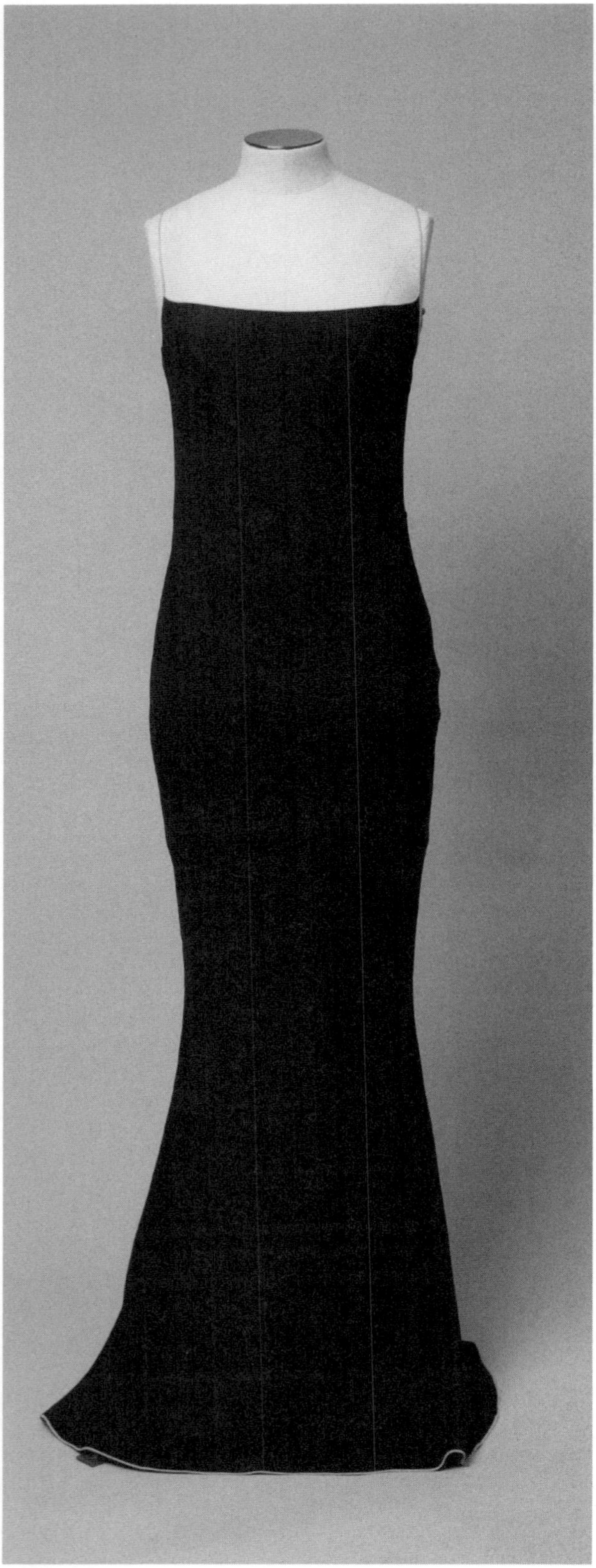

1124

1126

LOT 1124

Een avondjurk

Een zwarte avondjurk van John Galliano. In goede staat. Schouderbandjes aan de achterzijde ingenomen. Maat 36.

$200-400

LOT 1125

Een uitdraai van een e-mailbericht

Een uitdraai van een e-mailbericht van Morris aan Doolan met adresinformatie. De volledige tekst luidt:

Van: hmorris256@yahoo.com

Aan: lenore_doolan@nytimes.com

Datum: 28 december 2003

Onderwerp: IK WEET HET IK WEET HET IK WEET HET IK WEET HET

Ik weet het ik weet het ik weet het ik weet het ik weet het ik weet het ik weet het en het spijt me!! Je snapt dat ik deze klus moest aannemen, ik heb meer portretten voor mijn boek nodig – ze kunnen niet allemaal van JOU zijn! De komende twee weken is mijn adres Groucho Club, 45 Dean Street, London W1D 4QB, Tel +44(0)20 7439 4685, kamer 5. x's

28,0 x 22 cm.

Niet afgebeeld.

$15-20

LOT 1126

Een envelop met confetti

Een envelop met confetti, met in machineschrift een datum op de achterzijde: *1 januari 2004*. Door Doolan gestuurd naar Morris, in de Groucho Club.

8,9 x 15,2 cm.

$10-15

1129

LOT 1127
Een krantenknipsel
Een knipsel van Doolans *Cakewalk*-column van 11 januari 2004, over zandtaart. Titel: 'Zand eronder'. 20,3 x 6,4 cm.
Niet afgebeeld.
$5-10

LOT 1128
Drie voorwerpen en een ansichtkaart
Een doosje Yorkshire-thee. Een Paul Smith-sjaal van kasjmier. Een zilveren halsketting, in goede staat en in de originele doos. Gaat vergezeld van een ansichtkaart met de foto *1928 Lac d'Annecy* van Jacques Henri Lartigue, waarvan de tekst voor een deel luidt: *'Botermop, Je klonk zo ziekjes aan de telefoon dat ik je thee stuur voor je keel en een feloranje sjaal voor om je nek. En nog iets van Agent Provocateur... x.'* Verschillende afmetingen.
$40-60 (3)

LOT 1129
Een ansichtkaart en een artikel uit *Granta*
Een onbeschreven ansichtkaart van het schilderij *Lemon Cake, 1983* van Wayne Thiebaud. Negen gekopieerde pagina's van het essay 'Hawk' van Joy Williams, uit het tijdschrift *Granta*. Ze zijn aan elkaar geniet en voorzien van een briefje met daarop: *'Deze auteur ken je waarschijnlijk wel? Of dit verhaal? Mijn favoriete korte literaire tekst van het afgelopen jaar. H. P.S. Ik denk erover om een week naar Praag te gaan als deze klus is geklaard – ben uitgenodigd door de creatief directeur van Wieden en kan waarschijnlijk maar beter gaan.'* Verschillende afmetingen.
$10-25
Tot het lot behoort een door Morris genomen foto waarop Doolan te zien is in haar appartement, met de ansichtkaart aan de muur op de achtergrond.
10,2 x 15,2 cm.

1128

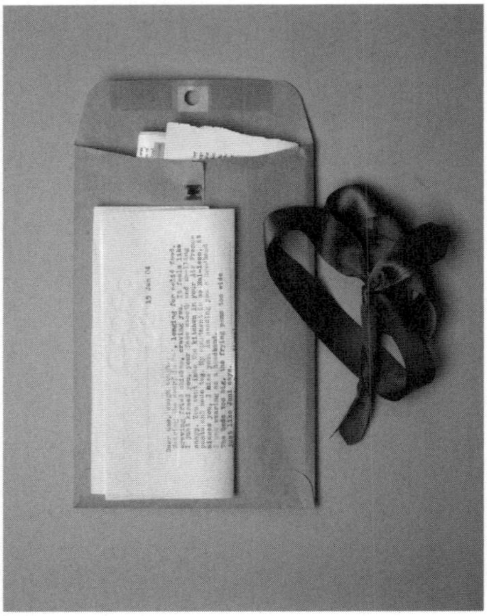

1130

1131

1132

LOT 1130

***Vogue*-artikel, getypte brief en lint**

Een artikel over gegrilde kip (vier pagina's) door Jeffrey Steingarten, gefotokopieerd en aan elkaar geniet, samen met een getypte brief, waarvan een deel van de tekst luidt: *'Draag de sjaal in bed, heb trek in vast voedsel, snak naar kip van de grill, snak naar jou. Het voelt alsof ik je net gekust heb, je gezicht is zacht en ruikt naar zeep. Je liep naar de keuken in je Air France-broek en zette thee. Mijn appartement is zo Hal-loos, het mist je, ik mis je. Stuur je een lint dat ik als haarband heb gedragen. The bed's too big, the frying pan's too wide, precies zoals Joni zegt. Hoor dat het rotweer is in Praag...'* Verschillende afmetingen.

$20-45

LOT 1131

Een groep van vier ansichtkaarten

Vier originele ansichtkaarten uit Praag, gericht aan Lenore. Op elk ervan staat één woord, tezamen *'MIS' 'JE' 'HEEL' 'ERG'*. Elk 15,2 x 10,2 cm.

$15-20 (4)

LOT 1132

Een serie foto's

Tien afdrukken van Morris' fotoreeks van honderd hotelplafonds, die hij als boek hoopte te publiceren.
Elk 17,8 x 12,8 cm.

$80-100 (10)

1135

1133

LOT 1133

Een verzameling kaartsleutels van hotels

Honderdvijftig kaartsleutels van hotels uit verschillende plaatsen, door Morris verzameld tijdens zijn werkreizen. 5,3 x 8,6 cm.

$10-20 (150)

LOT 1134

Groep Post-its

Een groep van twaalf Post-it-plakkers, met daarop in Morris' handschrift de teksten: *'Ben naar de opera / Ben naar de paardenrennen / Ben vissen / Ben op koopjesjacht / Ben over twee uur terug / Zo terug / Kom om 21.00 u. terug om je ziel te halen / Niet mijn haar door de war maken / Kamermeisje, kamer schoonmaken s.v.p. / Privado Por Favor / Staking! / Hoe ik ook smeek, laat me er niet uit.'* 7,6 x 7,6 cm. *Niet afgebeeld.*

$10-20 (12)

Morris plakte deze briefjes op Doolans computer als hij haar ophaalde om te gaan lunchen.

LOT 1135

Een menukaart

Papieren menukaart van restaurant Oyster Bar, gevouwen als 'peper-en-zoutvaatje'.

$15-20

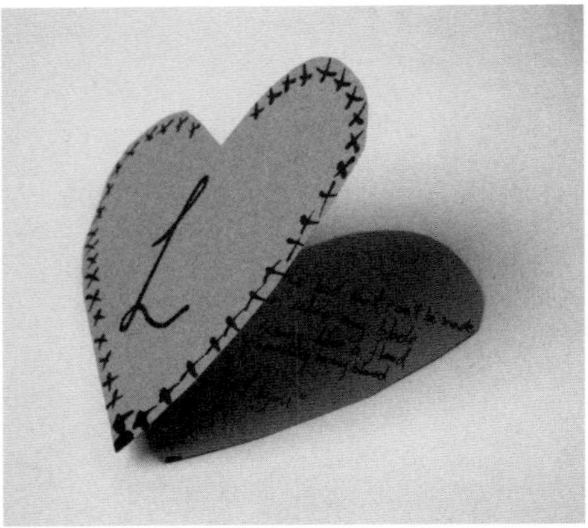

1136

1137

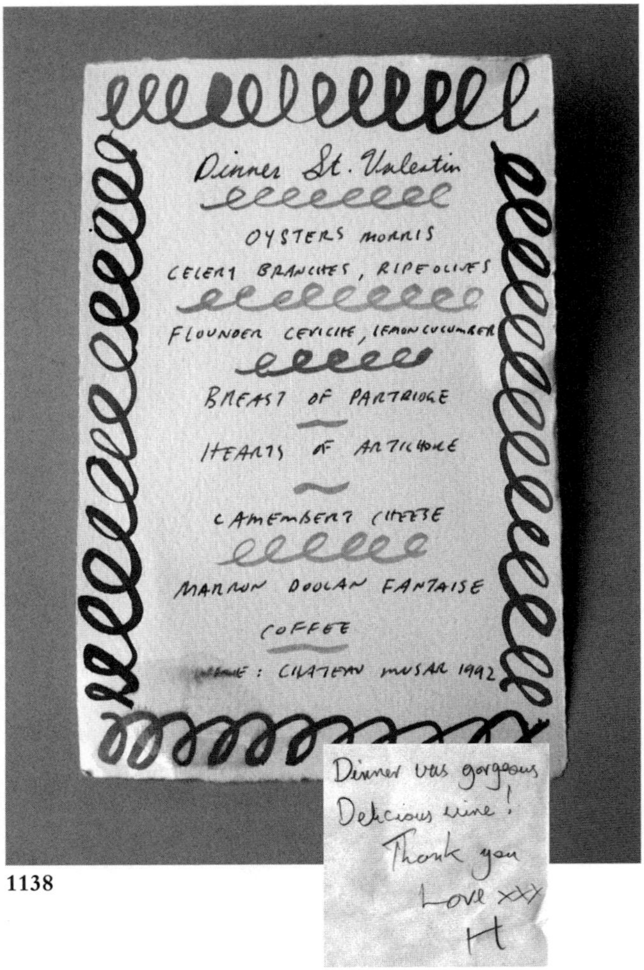

1138

LOT 1136

Een zelfgemaakte kaart

Een zelfgemaakte valentijnskaart van Morris aan Doolan, op 12 februari 2004 verstuurd vanuit Marfa in Texas. De tekst luidt: *'Who makes the bed that can't be made / Who is my mirror, who's my blade / When I am rising like a flood / Who feels the pounding in my blood / Nobody / Nobody but you'* (uit de tekst van het nummer 'Nobody' van Paul Simon).

12,7 x 15,2 cm.

$10-20

LOT 1137

Een haarlok

Een lok van Doolans haar, door Morris bewaard in een sieradendoosje.

7,6 x 2,9 x 2,5 cm.

$20-30

LOT 1138

Een menu

Een menu voor een valentijnsdiner, door Doolan met de hand geschreven. De tekst luidt: *'Oesters "Morris" / Selderijstengels, rijpe olijven / Ceviche van bot, citroenkomkommer / Patrijsfilet / Artisjokkenharten / Camembert / Marron "Doolan" Fantaise / Koffie / Wijn: Château Musar, 1992.'*

17,8 x 12,7 cm.

$50-65

Tot het lot behoort een berichtje op een Post-it. De tekst luidt: *'Diner was heerlijk. Verrukkelijke wijn. Liefs xxx H.'*

LOT 1139

Een uitnodiging voor een bruiloft

Een uitnodiging voor de bruiloft van Rekha Subramanian en Paulo Vitale, 2 april 2003. 15,2 x 22,9 cm.

Niet afgebeeld.

$10-25

Doolan ging alleen omdat Morris aan het werk was in L.A.

1140

1141

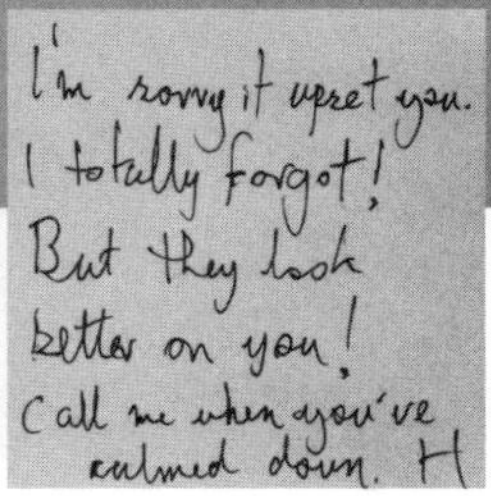

LOT 1140

Een verzameling herenzonnebrillen

Vier zonnebrillen. Een Original Pilot met zilverkleurig montuur en groene glazen. Een Ray-Ban, type pilotenbril, met goudkleurig montuur en groene glazen. Een merkloze met bruin montuur van kunststof en geelbruine glazen. Een Stüssy met een zwart-met-geelbruin montuur en bruine glazen.

$40-55 (4)

Gaat vergezeld van een foto van Morris met de Original Pilot-bril naast een onbekende vrouw, 10,2 x 15,2 cm.

LOT 1141

Een verzameling dameszonnebrillen

Vier zonnebrillen. Een merkloze met montuur in hartjesvorm en bruine glazen. Een van Yves Saint Laurent met schildpadden vlindermontuur en bruine glazen. Een merkloze met goudkleurig draadmontuur met groene kunststof glazen. Een merkloze met blauw montuur bestaande uit twee cirkels, met bruine glazen.

$40-60 (4)

Gaat vergezeld van een foto van 15,2 x 10,2 cm van Doolan op de rand van een fontein, met de zonnebril met blauw montuur op. Gaat tevens vergezeld van een Post-it, 7,6 x 7,6 cm, met in Morris' handschrift de tekst: *'Het spijt me dat je er boos over werd. Ik was het helemaal vergeten! Maar jou staat hij beter. Bel me als je bent uitgeraasd.'* Het exemplaar met het blauwe montuur behoorde ooit toe aan Morris' ex-vriendin Juliet Blackwood.

1142

LOT 1142

Een groen vest

Een groen, wollen vest dat oorspronkelijk toebehoorde aan Jason Frank. Met stoffen elleboogstukken en het merkje 'Cooper & Row Ltd.' Maat M. $20-35

Tot het lot behoren twee foto's: een van Morris op een bank met het groene vest aan, een van Doolan met hetzelfde vest.

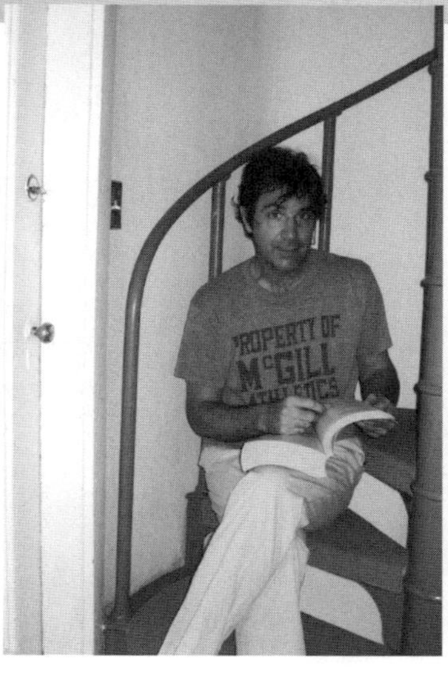

1143

LOT 1143

McGill University Athletics-T-shirt

Een grijs, katoenen McGill University Athletics-T-shirt, versierd met logo van het atletiekteam van deze universiteit. Op het merkje binnenin staat 'Russell Athletics'. Maat XL.

$10-15

Tot het lot behoren twee foto's. De ene toont Doolan met haar computer in bed en het T-shirt aan. Op de andere zit Morris op een trap met het T-shirt aan. Beide 15,2 x 10,2 cm. Het paar noemde het T-shirt 'het seks-T-shirt' omdat het dragen ervan op een bereidheid tot seks duidde. Het shirt was ooit van Jared Bristow, een ex-vriendje van Doolan van de middelbare school.

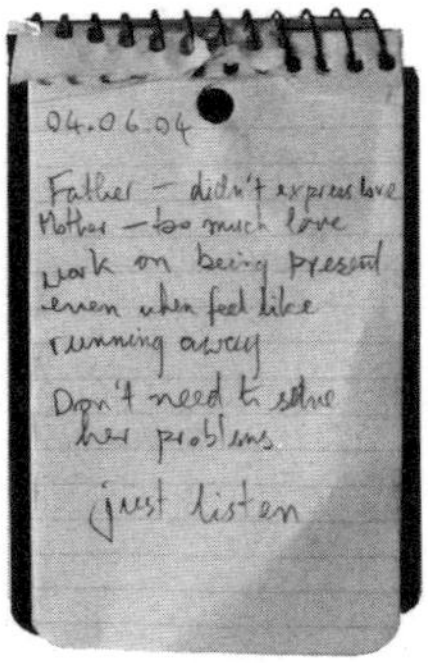

1144

LOT 1144

Een notitieblokje met spiraalband

Een blauw notitieblokje met spiraalband, door Morris bijgehouden tijdens zijn sessies met dr. Jay Zaretzsky. Een deel van de tekst luidt: *'04.06.04: Vader – toonde geen liefde / Moeder – te veel liefde / eraan werken er te zijn / zelfs als ik weg wil rennen / Hoef haar problemen niet op te lossen / gewoon luisteren.'* 11,4 x 6,4 cm.
$12-25

1145

LOT 1145

Bulgakov, Mikhail

The Master and Margarita, paperbackeditie (Fontana, 1983). Enigszins beduimeld. Achter het omslag is een niet verzonden brief van Morris aan Jason Frank ingestoken, met de hand geschreven op briefpapier van het Palace Hotel, San Francisco, waarvan een deel van de tekst luidt: *'Tjezus Jason, gelijk stevige ruzie. Lenore reageert woest en heeft maling aan mijn vleierijen, laat me niet uitpraten en schreeuwt tegen me. Eindigde ermee dat ik "HOU OP MET SCHREEUWEN!" schreeuwde voordat ik het appartement uit vluchtte...'* Verschillende afmetingen.
$10-15

LOT 1146

Een krantenknipsel

Een knipsel van Doolans *Cakewalk*-column van 1 mei 2004 over tarte tatin van ananas. Titel: 'Van zuur naar zoet in een handomdraai'. De column begint als volgt: *'Kleurrijk, tropisch, kleverig en zoet: niets verdrijft een rotbui beter dan ananas...'* 16,5 x 6,4 cm. *Niet afgebeeld.*
$5-10

1147

LOT 1147

Een verzameling grijze dameskleding

Twee jersey T-shirts zonder merkjes. Een grijze broek met smalle pijpen, met op het merkje 'Sixes', maat 40. Een grijs T-shirt met lange mouwen, met op het merkje 'Rick Owens'. Een grijs, zijden topje, met op het merkje 'Balenciaga', maat 38. En een donkergrijs T-shirt met lange mouwen, met op het merkje 'Rick Owens', maat 40.
$10-30 (6)

1148

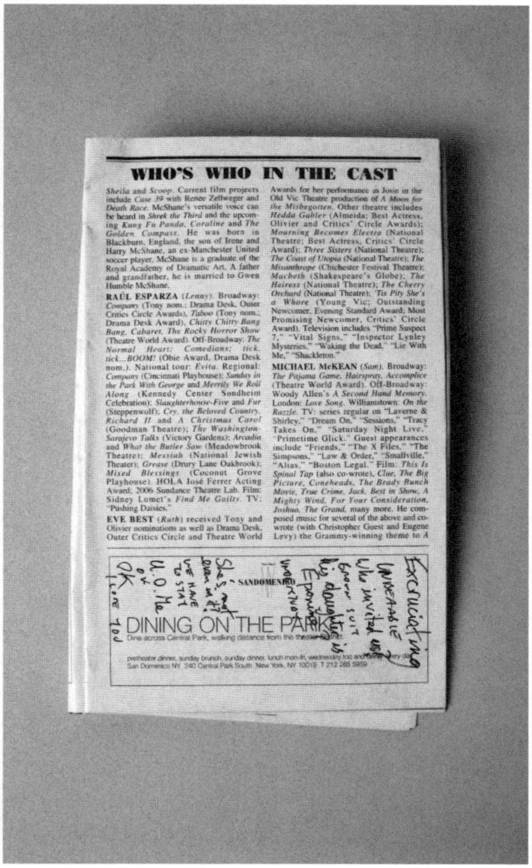

1149

LOT 1148

Munro, Alice

Lives of Girls and Women, paperback (Vintage, 2001). Erg beduimeld, met gescheurd omslag. In het boek is een briefje van Morris aan Doolan gestopt. Een deel van de tekst luidt: '*Ik vind dat je overdrijft. Het spijt me dat ik dat etentje moest laten schieten, echt waar, en ja: ik had moeten bellen, maar het was een feestje van mijn werk. Ik hoop dat je begrijpt dat zulke feestelijkheden slaapverwekkend belangrijk zijn…*' Verschillende afmetingen.
$10-15

LOT 1149

Een theaterprogramma

Een programma van *Les Misérables*. Onderin wisselen het handschrift van Doolan en dat van Morris elkaar af. *'Een marteling / Ondraaglijk / Wie heeft ons uitgenodigd? / Bruin pak / Is Eponine zijn dochter? / Invalster voor Eponine / Speelt ze niet eens mee? / We kunnen niet weg / Je staat bij me in het krijt / Oké / Oké / Ik hou van je.'* 17,8 x 12,7 cm.
$10-15

LOT 1150

Een handgeschreven briefje

Een op printpapier met de hand geschreven bedankje van Ann Doolan aan Lenore Doolan. De tekst luidt voor een deel: *'Zus, dank dat we mochten blijven slapen, dus bedank Hal ajb dat JIJ naar hem mocht. Ik mag hem echt; denk dat hij een goede voor je is. Wordt het al wat serieuzer tussen jullie? Zag dat je hem een plankje hebt afgestaan voor zijn Count Chocula (we hebben er stiekem wat van genomen). Ik dacht dat je totaal afknapte op ontbijtgranen met suiker! Ware liefde?? X, Anny en Tom.'* 28,0 x 21,6 cm.
Niet afgebeeld.
$10-15

1151

LOT 1151

Een verzameling van vijf hoeden

Een cloche van rode angorawol, met merkje 'Marida'. Een cloche van blauwe wol, met merkje 'Jean Charles Brousseau'. Een hoed van wit bont, met merkje 'Yves Saint Laurent'. Een merkloos, zwart strooien hoedje met voile. Een merkloos, zwart, gehaakt mutsje met zijden bloemen.

$120-160 (5)

Gaat vergezeld van het programma voor de begrafenis van Glenda Lucas, Doolans grootmoeder van moederszijde, en vijf foto's van Doolan met de verschillende hoeden op, allemaal 15,2 x 10,2 cm., genomen door Morris. De hoeden waren van Lucas, die ze aan haar kleindochter naliet.

LOT 1152

Een sjaal van Dior

Een zware, roze zijden sjaal, met merkje 'Christian Dior'. In goede staat. 58,4 cm lang.

$40-55

De sjaal werd aan Doolan nagelaten door haar grootmoeder van moederszijde, Glenda Lucas. Lucas had de sjaal gekregen van een man die Lew Francis heette, met wie ze intensief contact had voordat ze trouwde met Walter Lucas, Doolans grootvader. Glenda Lucas bleef haar leven lang bevriend met Lew Francis en vertelde Doolan vaak verhalen over hem.

1152

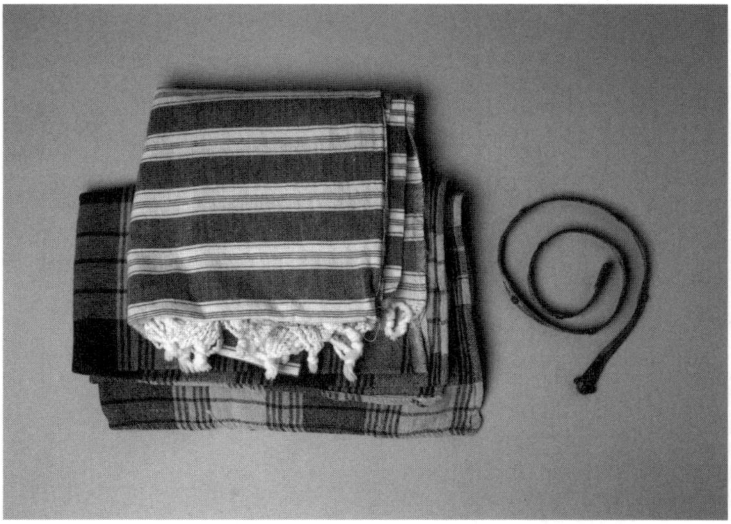

1154

1155

LOT 1153

Uitdraai van een e-mail met adresinformatie

Uitdraai van een e-mailcorrespondentie tussen Morris en Doolan, waarvan de volledige tekst luidt:

Van: hmorris256@yahoo.com
Aan: lenore_doolan@nytimes.com
Datum: 7 juni 2004
Onderwerp: Re: Re: Verjaardag aan de Bosporus?
Mooi! Laat je het me zo gauw mogelijk weten? X H

Op 6 juni 2004 om 15.34 u schreef lenore_doolan:
Hal, zou DOLGRAAG willen, maar vier mijn verjaardag misschien bij mijn moeder. Ze is nog steeds niet de oude. Je hoort van me. X

Op 6 juni 2004 om 9.08 u schreef hmorris256:
Lieverd, klus duurt langer, zal ik je een lang weekend laten overkomen om je verjaardag hier met mij te vieren? Kunnen we met z'n tweetjes de Bosporus af varen. Mijn hotelinfo: Hotel Pera Pelas, Mesrutiyet Cad. Nr. 52. Beyoglu, Istanbul, Turkije 902122430737.

Niet afgebeeld.

$12-20

LOT 1154

Hammamhanddoeken en zilverkleurige riem

Twee gestreepte Turkse hammamhanddoeken. Gebruikt, in goede staat. Ongewone, antieke zilverkleurige riem met gesp. In goede staat. Verschillende afmetingen.

$40-90 (3)

LOT 1155

Een agenda

Een agenda van het jaar 2004 met één dag per pagina, van Smythson of Bond Street. Bij 19 juni staat: *'Brood met honing / Turkse koffie / Olijven / Kofte / Clubsandwich / Rode wijn'* Op de tegenovergelegen pagina, 20 juni, staat: *'Naar een kleine moskee gereden, toen naar de Aya Sofia, riem gekocht. Hal heeft tot 4 uur geslapen. Lief gezicht... Wat doe ik hier? Ik had thuis moeten zijn. Ik had bij mam moeten blijven. Heb een hekel aan hotels, aan wandelen tussen maaltijden door, aan het gevoel dat ik te veel heb gegeten, aan de zeepjes, aan de telefoons op de wc's. Wat doe ik hier? Heimwee. Moet alles op zijn voorwaarden? Seks op zijn voorwaarden. Telefoontjes op zijn voorwaarden. Is hij degene die ik nodig heb? Ben ik degene die hij nodig heeft? Heeft hij iedereen nodig? Heeft hij iemand nodig? Heeft hij mij nodig? Waarom weet hij niet wanneer ik hem nodig heb? Waarom weet hij niet wat hij moet doen als hij weet dat ik hem nodig heb? Ik zou Hal missen. Ik zou Sherman Street missen. Ik zou de ochtenden missen. Ik hou van zijn hoofd. Ik hou van zijn ogen (als ze open zijn). Ik hou van zijn geest. Ik hou van zijn benen. Ik heb een hekel aan zijn stuursheid. Ik heb een hekel aan zijn hooghartigheid. Ik heb een hekel aan zijn drinkgedrag. Ik heb een hekel aan zijn dubbele moraal. Wat wil ik?'*

19,1 x 14,0 cm.

$15-25

LOT 1156

Een uitnodiging en een programma

Een uitnodiging voor de National Newspaper Awards. Doolan was genomineerd voor haar stuk over blanc-mangers in *The New York Times*. 15,2 x 15,2 cm. *Niet afgebeeld.*

$10-15

Omdat Doolan in Istanbul was, kon ze niet bij de prijsuitreiking zijn.

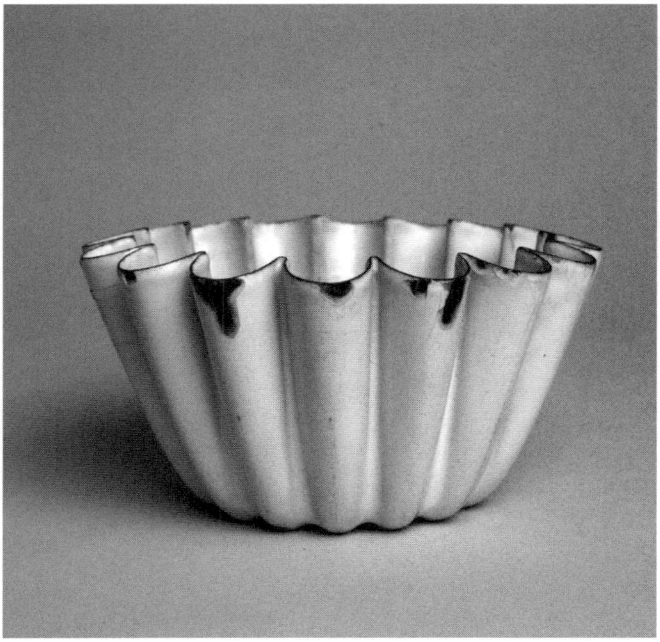

1157

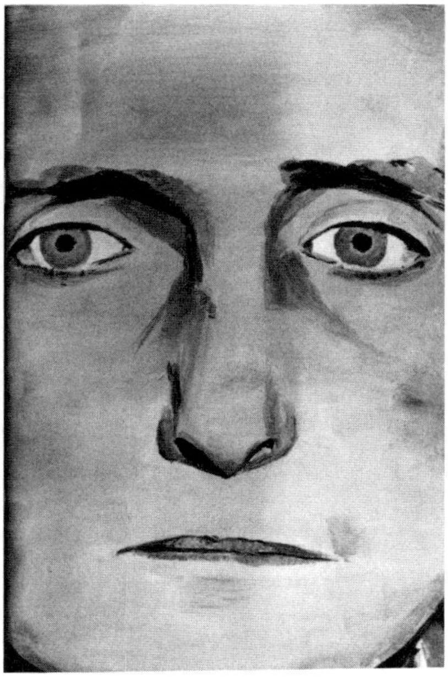

1158

1159

LOT 1157

Een blanc-mangervorm

Een blanc-mangervorm, gegeven door Doolan, waar Morris ontwikkelde films in bewaarde. 15,2 cm doorsnee, 10,8 cm hoog.

$10-20

LOT 1158

Een museumprogramma van het Tate Modern

Een museumprogramma voor een retrospectief van Luc Tuymans in het Tate Modern, door Morris bezocht voordat hij naar Istanbul afreisde.

16,5 x 13,3 cm.

$10-20

Als bladwijzer zit bij pagina 14 een haarspeld van Doolan, gekocht in Symi.

LOT 1159

Ford, Ford Maddox; Turkse armband met het boze oog

The Good Soldier, paperbackeditie (Vintage Books, 1955). Enigszins beduimeld en met vergeelde pagina's. In Morris' handschrift staat in balpen op de binnenkant van het omslag een stukje tekst geschreven van het nummer 'Wined and Dined' van Syd Barrett: *'Girl was so kind / kind of love I'd never seen...'* Tussen de pagina's zit een Turkse armband met een bedeltje van het boze oog. Verschillende afmetingen.

$10-20

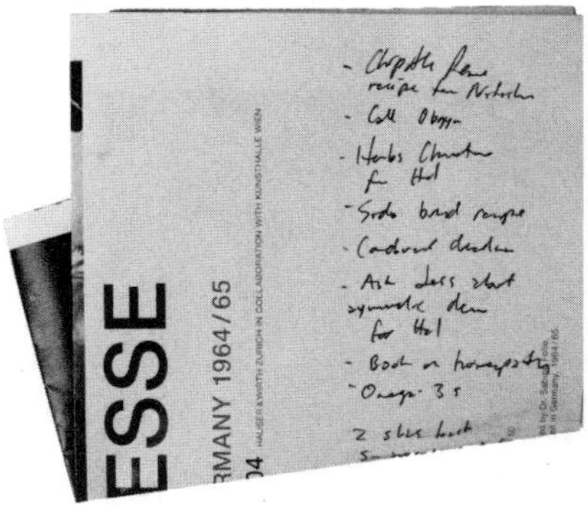

1160

LOT 1160
Aantekeningen
Handgeschreven aantekeningen op een pagina die uit het zomernummer 2004 van het tijdschrift *Tate Etc.* is gescheurd. De tekst luidt: *'Penne met chipotle-peper van Natasha / Ob.-gyn. bellen / Kruiden Chinatown voor Hal / Sodabrood-recept / Deadline maisbrood / Jess vragen naar ayurvedische dermatoloog voor Hal / Boek over homeopathie / Omega-3 / 2 sneetjes toast / Kl. avocadosalade / Kaas en crackers / Broodje ham / Thee / KitKat.'* 20,0 x 27,3 cm (niet gevouwen).
$10-15

1161

LOT 1161
Twee foto's
Een foto van Doolan die de afwas doet, een van Doolan die ligt te lezen in het gras. Beide door Morris genomen in Orient Point, Long Island. 10,2 x 15,2 cm.
$10-15 (2)
Doolan draagt de streepjesjurk uit lot 1069, de hoed uit lot 1229 en een badpak uit lot 1092.

1162

LOT 1162
Een kookboek en een ansichtkaart
Een kookboek met de titel *Irish Countryhouse Cooking* van Rosie Tinne (Weathervane Books, 1974). Een ansichtkaart, gedateerd 29 augustus 2004, door Morris vanuit Ierland verstuurd naar Doolan. Het omslagbeeld is een schilderij door James O'Connor van de Delphi Lodge en Finn Lough, 1818, in het graafschap Mayo. De volledige tekst van de kaart luidt: *'Hier wil ik wonen.'* 23,5 x 15,6 cm (boek), 11,4 x 15,2 cm (kaart).
$12-18

1164

LOT 1163
Een fax
Een fax vanuit Glin Castle aan *The New York Times*, gedateerd 7 september 2004. De volledige tekst luidt: *'Zo blij dat je komt – detail: we zijn nu niet eerder in Dublin dan de 11de. Sessie in Galway loopt uit, maar wacht op me! Ga je ook met me mee naar Harrogate, alsjeblieft? Liefs, Hal xxx.'*
28,0 x 21,6 cm.
Niet afgebeeld.
$15-20

LOT 1164
Twee tweed pakken
Twee tweedelige pakken van tweed, één herenmaat 48, één damesmaat 36, gemaakt door William F. Frazer in Hospital, in het graafschap Limerick.
$80-100 (2)

LOT 1165

Nathan, Monique

Virginia Woolf, paperbackeditie (Grove Press, 1961). Tussen de pagina's zit een handgeschreven brief van Ann Doolan aan Lenore Doolan, gedateerd 15 september 2004. Een deel van de tekst luidt: *'Etentje met zijn moeder klinkt als een nachtmerrie. Hoe corrigeerde ze je uitspraak precies? Nam Hal het voor je op...?'* Lichtroze Vergé de France-papier van G. Lalo, 20,3 x 14,6 cm.

$10-20

LOT 1166

Een toastrekje en een envelop met melktandjes

Een toastrekje van keramiek met de zeven dwergen (geschilferd en met stukjes eraf). Een envelop met daarop in vervaagde vulpen geschreven *'Tims tanden.'* 20,3 cm lang (toastrekje), 14,0 x 8,9 cm (envelop).

$18-22

Aan Morris gegeven door zijn moeder, Eleanor. De tanden zijn van wijlen Morris' vader, Timothy Morris, en het toastrekje is afkomstig uit het huis waar Morris opgroeide.

LOT 1167

Een handgeschreven brief

Een handgeschreven brief van Eleanor Morris aan Hal Morris, gedateerd 17 september 2004. Een deel van de tekst luidt: *'Leuk om Lenore eens te ontmoeten nadat ik al zo veel over haar had gehoord. Ze is erg jong, ik geloof dat ik HEEL vervelend was. Waar in Canada komt ze vandaan? Dr. Hauchukova is geweldig, ik mag hem graag, en de medicijnen lijken goed aan te slaan. Alleen ben ik de hele tijd zo moe...'* Op lichtblauw luchtpostpapier, 25,4 x 17,8 cm.

Niet afgebeeld.

$10-20

LOT 1168

Een krantenknipsel

Een knipsel van Doolans *Cakewalk*-column van 29 september 2004, over Guinness-taart. Titel: 'Zoet plezier met donker bier'. De column begint als volgt: *'Machtig, donker en bitter zijn intimiderende eigenschappen in een vrouw, maar behoorlijk lekker in een taart...'*

Niet afgebeeld.

$5-10

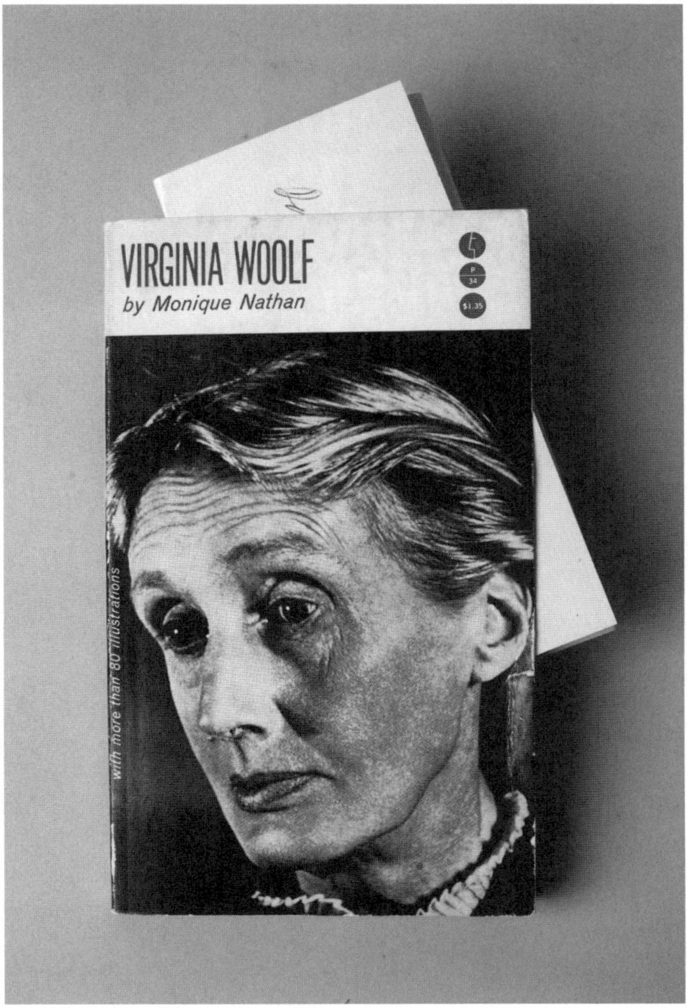

1165

1166

1169

1170

LOT 1169

Een uitnodiging

Een uitnodiging voor een Halloween-feestje, 31 oktober 2004, gegeven door Morris' goede vrienden Rekha Subramanian en Paulo Vitale. 13,3 x 10,2 cm.

$5-10

Tot het lot behoort een foto van Doolan en Morris in Halloween-kledij. Doolan is verkleed als Anna Magnani, Morris als beertje Paddington. Fotograaf onbekend. 10,2 x 15,2 cm.

LOT 1170

Een blauwe vaas

Een blauwe vaas, met daarin gegraveerd 'McCoy USA'. Door Morris aan Doolan gegeven als verjaarscadeau, met rozen erin. Hoogte 22,3 cm.

$40-55

Doolan schreef later in haar dagboek dat de rozen niet opengingen.

LOT 1171

Een paar manchetknopen en een kaart

Een paar manchetknopen met vliegtuigjes, met Thanksgiving 2004 door Doolan gegeven aan Morris. Gaat vergezeld van een zelfgemaakte kaart, met daarop de tekst: *'Favoriete momenten van het jaar: / 1. Toen je de kast in kroop om me te ontzien. / 2. Die keer dat je me helemaal thuisbracht, ook al was je laat. / 3. Kijken hoe je je koffer pakt. / 4. Toen je die man in Craft een viezerik noemde. / 5. Toen je tijdens het etentje bij Toby met me van plaats ruilde. / 6. Je gezicht als je op het punt staat om te gaan lachen.'* 15,2 x 8,9 cm.

Niet afgebeeld.

$10-20

1172

LOT 1172

Een reiswekker

Een reiswekker van Elgin, in de originele doos. Aan Morris gegeven door Doolan.

$40-60

Doolan stond erop dat de wekker de tijd in New York bleef aangeven. Morris nam de wekker op twee zakenreizen mee, maar klaagde dat hij te zwaar was.

1173

LOT 1173

Plath, Sylvia

Johnny Panic and the Bible of Dreams (Harper & Row, 1978), eerste druk. In goede staat. Bij het korte verhaal 'The Fifty-ninth Bear' is op pagina 105 een kort lijstje op geel kleinfoliopapier ingevoegd, in Doolans handschrift: *'Batterijen / Plakband / watermeloen / Guacamole / Voordelen: / reizen, praten over familie, namen / Nadelen: kil / defensief / danst niet / gemaakte lach? / wil geen hond.'* 24,1 x 16,5 x 2,9 cm (boek); 20,3 x 15,2 cm (briefje).

$20-45

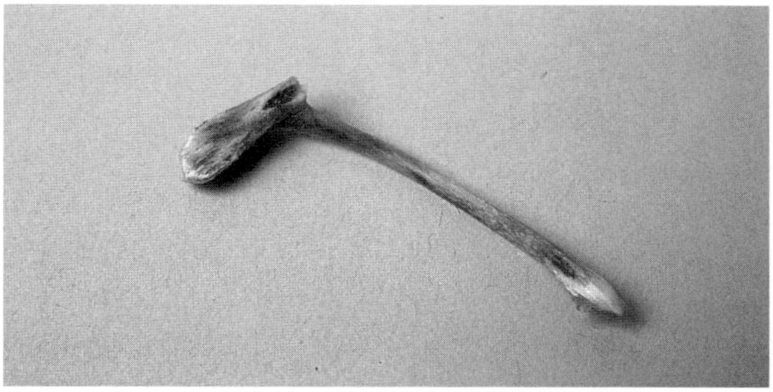
1174

LOT 1174

Half vorkbeentje

Het winnende deel van het vorkbeen van een kalkoen. Door Morris bewaard in zijn nachtkastje.

8,9 cm lang.

$5-10

1175

1176

1177

LOT 1175

Cook's Illustrated

Een exemplaar van *Cook's Illustrated* van december 2004. Bevat een uitnodiging voor het kerstfeest van Bainbridge en Polarski. Op de achterzijde staat geschreven: *'Droom. Blauw-gele vogel in parkeergarage, dood, met een roze klodder ernaast. Toen een duif en een kraai, in huis maar niet in de kamer. Hal doet de deur open en laat ze binnen, maar ik smijt hem dicht, en bovenin wrikt de kraai zijn snavel tussen de deur in een poging binnen te komen.'* 12,7 x 12,7 cm.
$10-20

LOT 1176

Een handgeschreven briefje

Bon uit een pinautomaat van Chase Manhattan. Op de achterzijde staat in Morris' handschrift geschreven: *'Wil je nog steeds een vriend?'*, waaronder in Doolans handschrift staat geschreven: *'Ja, ik wil een vriend met blauwe ogen,'* gevolgd door, in Morris' handschrift: *'En ik wil een onvoorspelbare vriendin.'* 18,7 x 8,3 cm.
$10-20

LOT 1177

Zes potten zelfgemaakte aardbeienjam

Zes potten aardbeienjam, door Doolan zelf gemaakt bij wijze van kerstcadeau van het paar. Op de etiketten staat: *'Tidings of Comfort and Jam, liefs van Hal en Lenore'* en *'Berry Christmas, liefs van Hal en Lenore'.*
$20-45 (6)

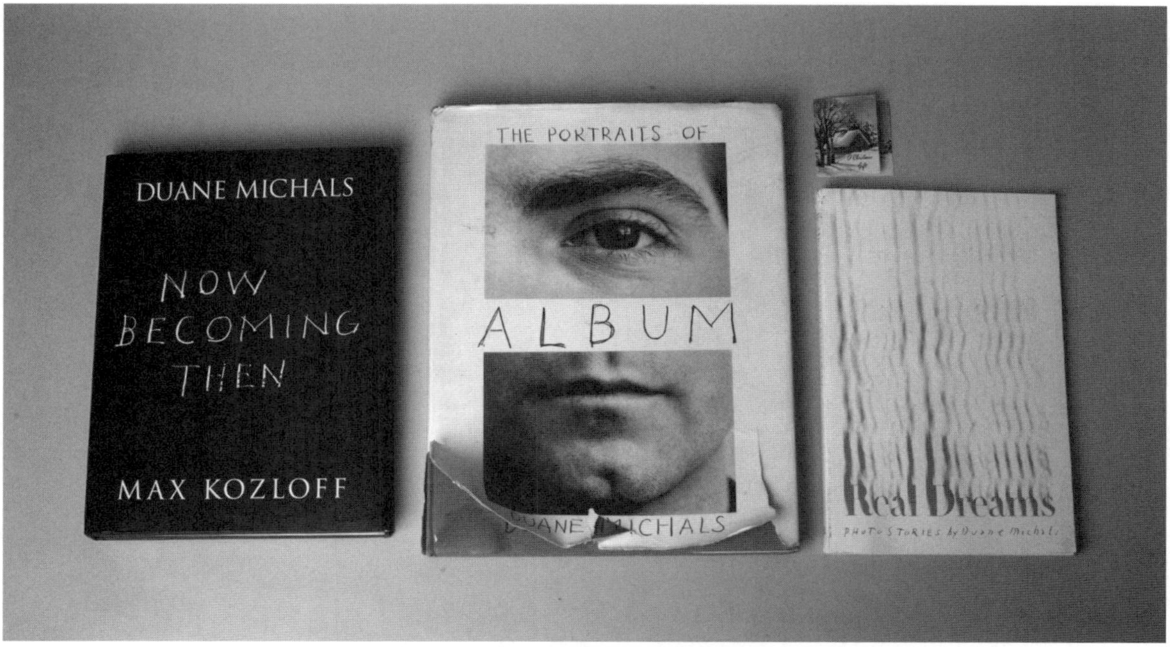

1178

1179

1180

LOT 1178
Michals, Duane
Een verzameling fotoboeken van Duane Michals, waaronder *Now Becoming Then* (Twin Palms, 1990); *Album: The Portraits of Duane Michals* (Twelvetree Press, 1988); *Real Dreams, Photo Stories* (Addison House, 1976). Een opdracht van Doolan voor Morris in *Album* luidt: *'Meer van je held. Liefs L, Gelukkig kerstfeest.'* Verschillende afmetingen.
$200-400 (3)

LOT 1179
Sherman, Cindy
The Complete Untitled Film Stills (Museum of Modern Art, 2003), gebonden, eerste druk. Redelijk goede staat, enigszins beduimeld en met enkele ezelsoren. Opdracht van Morris aan Doolan: *'Ze doet me aan jou denken... Gelukkige Kerst 2004, liefs, Hal.'* 24,8 x 28,0 cm.
$25-30

LOT 1180
Een Hasselblad-camera
Een middelgrote Hasselblad-spiegelreflexcamera, 500 C/M, met enkelvoudige lens. Gebruikt, in goede staat. Door Morris met kerst 2004 aan Doolan geschonken.
$400-500

1181

1182

LOT 1181

Poedelbeeldjes en theaterprogramma

Twee antieke poedelbeeldjes, een met een kettinkje als halsband. 7,6 cm hoog. Tot het lot behoort een theaterprogramma van *Wonderful Town*. Op een van de pagina's wisselt het handschrift van Morris dat van Doolan af: *'Ik heb je door, je vindt ze niks aan / Nee! / 'K vin de hondjes leuk, en de hondjes u, een perfect ras, want wat poepen ze nu? / Liefste Hal, 't zijn geen makkers, wel? Hun soort geen zegen, om straffe hand verlegen / Lenore, Lenore, vrees niet aldoor, op deez' gave pups word je vast snel smoor / U wint, duist're heer: hun beten doen geen zeer.*

$15-20 (3)

LOT 1182

Een uitnodiging

Een uitnodiging voor een nieuwjaarsfeest van Rekha Subramanian en Paulo Vitale. 16,5 x 12,1 cm.

$10-20

LOT 1183

Een krantenknipsel

Een knipsel van Doolans *Cakewalk*-column van 8 januari 2005, over oliebollen. Titel: 'Beignets voor boze midwintergeesten'. 19,1 x 6,4 cm.

Niet afgebeeld.

$5-10

1184

LOT 1184

Kitto, H.D.F.; een ansichtkaart

Greek Tragedy (Doubleday Anchor, 1955). Tussen de pagina's zit een ansichtkaart van de foto *En Route to New Orleans* van William Eggleston, afgestempeld op 8 februari 2005 in Athene, Griekenland. Op de achterzijde staat: *'Lenore, ik hoop vurig dat ik vóór Valentijnsdag weer chez vous ben. Duim dat het tijdschrift met alles instemt. Hou er rekening mee dat ik een kistje wijn vooruitstuur! Veel liefs, Hal xx.'* 15,2 x 10,2 cm.

$10-20

LOT 1185

Verzameling stenen

Stenen, door Morris op verschillende plaatsen verzameld, bewaard in de vensterbank van 11A Sherman Street. Verschillende afmetingen.

$10-20 (5)

1185

1186

LOT 1186

Twee flessen wijn

Twee flessen Château Calon-Ségur, Saint-Estèphe, 1989.

$55-95

Morris stuurde Doolan een kist van deze wijn ter gelegenheid van Valentijnsdag 2005. Een aangehecht briefje (dat daarna is zoekgeraakt) doet het voorstel bij hem in te trekken.

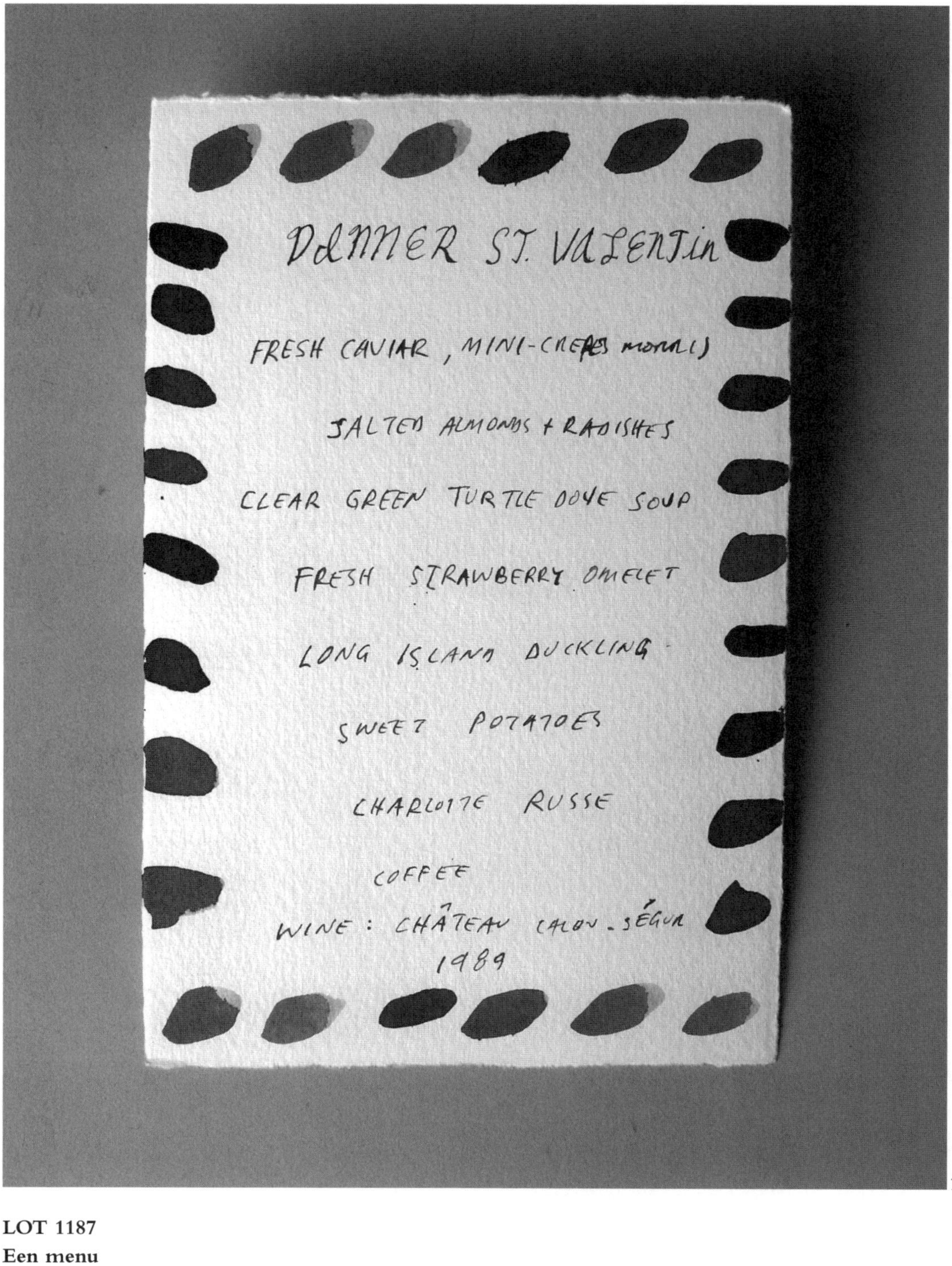

1187

LOT 1187

Een menu

Een menu voor een valentijnsdiner, met de hand geschreven door Doolan. Doolan nodigde Morris uit bij haar thuis te komen eten nadat hij die dag uit Athene was teruggekeerd. Op het menu staat: *'Verse kaviaar, minicrêpes "Morris" / Gezouten amandelen en radijsjes / Heldere, groene tortelduivensoep / Omelet met verse aardbeien / Jonge eend van Long Island / Zoete aardappels / Charlotte Russe / Koffie / Wijn: Château Calon-Ségur 1989.'* 17,1 x 11,4 cm.
$50-65

1188

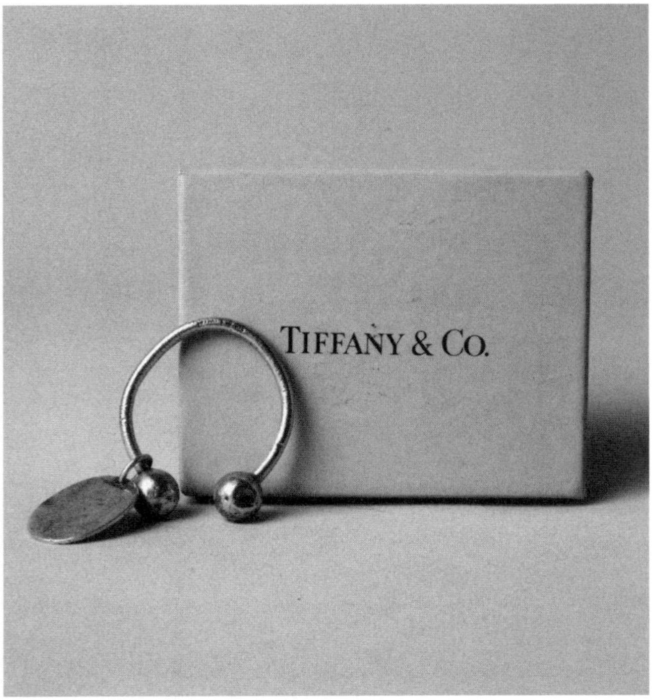

1189

LOT 1188

Enkele herenpantalons

Vier herenpantalons. Een originele, geelbruine corduroy broek met merkje 'Levi's Gentleman's Jeans'. Een donkergroene katoenen broek met merkje 'Costume National', maat 50. Een marineblauwe broek van dunne rib met merkje 'Helmut Lang'. En een gestreepte grijze katoenen broek met merkje 'Dries van Noten', maat 50.

$150-195 (4)

Alle broeken waren cadeaus van Doolan aan Morris nadat zijn bagage uit zijn auto was gestolen, die op Valentijnsdag tijdens het etentje voor Doolans appartement geparkeerd stond.

LOT 1189

Een sleutelring van Tiffany

Een zilveren sleutelring van Tiffany. Enigszins versleten en met krassen. Inclusief originele doos. Diameter 3,8 cm.

$50-65

Door Morris gegeven aan Doolan, samen met een set sleutels van 11A Sherman Street. Op het gegraveerde plaatje staat, nauwelijks leesbaar, 'L'.

1190

LOT 1190

Een verzilverde beker

Een beker die het paar gebruikte voor hun tandenborstels. 14,0 cm hoog.

$15-25

Tot het lot behoort een foto van de beker in de badkamer van 11A Sherman Street.

LOT 1191

Een ingelijste ansichtkaart

Een originele ansichtkaart van het St. Regis Hotel. 18,4 x 13,3 cm.

$10-15

1191

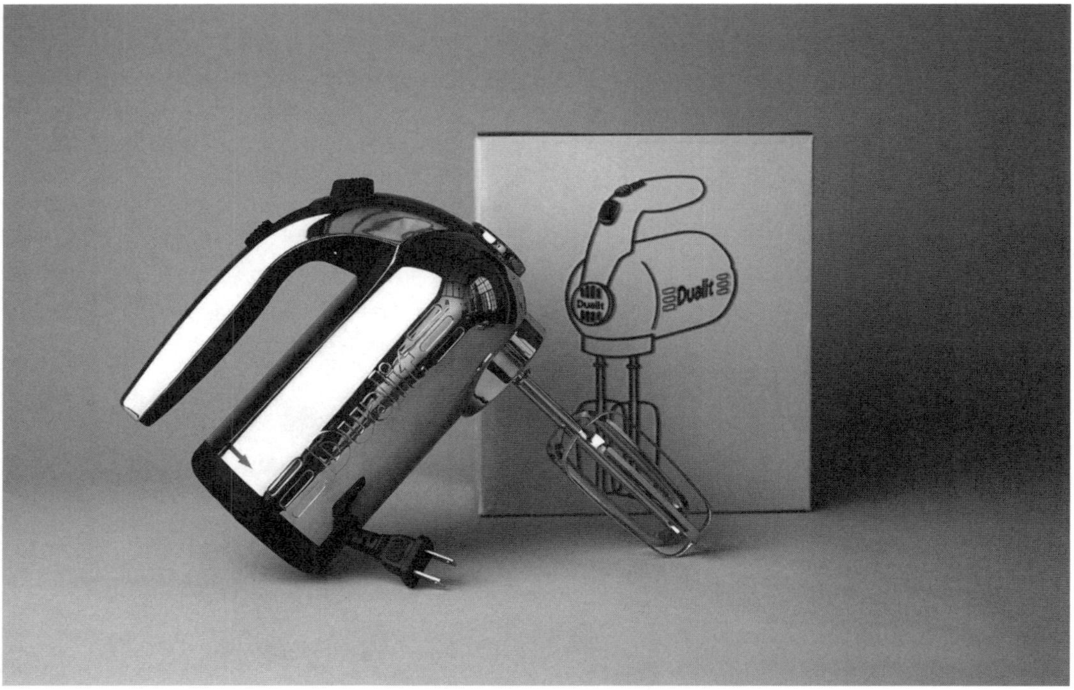

1192

1193

LOT 1192

Een mixer

Een luxe Dualit-mixer met vijf standen. Gebruikt, in goede staat.

$12-15

LOT 1193

Een set martiniglazen en een boek

Een set vintage martiniglazen in art-decostijl. Een boek uit 1933 met cocktailrecepten. De opdracht in het boek luidt: *'Voor mijn drankzuchtige Hal, met liefs van je nieuwe kamergenote. Lenore xx.'* Verschillende afmetingen.

$40-60 (5)

1195

1196

LOT 1194

Een krantenknipsel

Een knipsel van Doolans *Cakewalk*-column van 25 maart 2005, over cassata Siciliana. Titel: 'Een bouwsel van room en biscuitdeeg'. De column begint als volgt: *'Stel je het droomhuis van Hans en Grietje voor, maar dan zonder de heks...'*
21,6 x 6,4 cm.
Niet afgebeeld.
$5-10

LOT 1195

Een taartplateau

Een porseleinen taartplateau. Gebruikt, in goede staat.
12,7 cm hoog, diameter 22,9 cm.
$12-15

LOT 1196

Een serie foto's van taarten

Zes polaroidfoto's van verschillende zelfgebakken taarten, genomen door Doolan, op een Polacolor ER 669-film.
10,8 x 8,3 cm.
$12-25 (6)

1197

1198

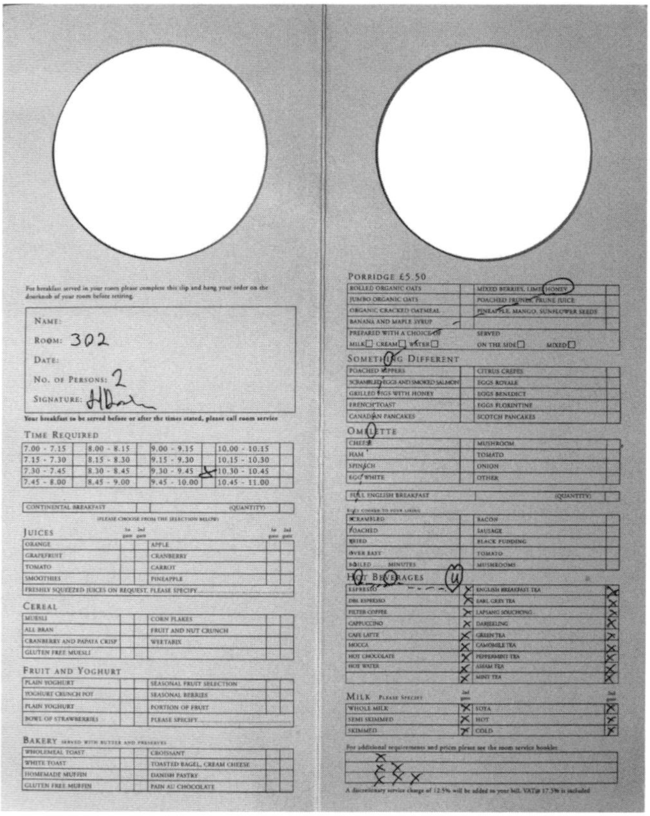

1199

LOT 1197

Een hoofdlampje

Een halogeenlampje voor op het hoofd, te bevestigen met een band van elastiek.

$12-15

Door Doolan gebruikt om in bed mee te lezen.

LOT 1198

Twee ingelijste foto's

Twee ingelijste zwart-witfoto's, een van Doolans lievelingshond uit haar jeugd, Shiny Eyes, en een van Morris' lievelingshamster, Herbert. In de lijst van de laatste zijn twee pasfoto's van het paar geschoven. Verschillende afmetingen.

$20-30 (2)

LOT 1199

Een ontbijtmenu

Een menu voor aan de deurknop van een hotelkamer, door Morris voor Doolan achtergelaten op 11A Sherman Street, met omcirkelde letters die tezamen de tekst *'HONEY, I LOVE YOU, XXXXXXXXXXX'* vormen.

29,2 x 11,4 cm.

$10-20

1201

LOT 1200 teruggetrokken.

LOT 1201
Bowles, Jane
Een Franstalige paperbackeditie van *Deux dames sérieuses* (10/18, 1969).
In het boek zitten vijf foto's van Doolans ex-vriendjes.
$5-10 (6)

1202

LOT 1202

Boeken over koken uit Doolans bibliotheek

Drieëntwintig kookboeken en boeken over koken, waaronder *Cakes, Regional and Traditional* van Julie Duff (Grub Street, 2003); *Chez Panisse Desserts* van Lindsey Remolif Shere (Random House, 1994); *How to Be a Domestic Goddess* van Nigella Lawson (Hyperion, 2002); *The Art of Fine Baking* van Paula Peck (Gallahad, 1961); *Delia Smith: How to Cook*, deel een (DK Adult, 2002); *Tamasin's Weekend Food* van Tamasin Day Lewis (Weidenfeld and Nicholson, 2004); *Just Desserts* van Jeni Wright (Sundial, 1980); *Images à la Carte* van Claes Oldenburg (Paula Cooper, 2004); M.F.K. Fishers Engelse vertaling van Brillat-Savarins *Physiologie du goût* (*Physiology of Taste*, Knopf, 1971); *Mexican Cookbook* van Erna Fergusson (University of New Mexico Press, 1945); *Cooking Made Easy* van Anna Lee Scott (Maple Leaf Milling Co., 1947); *Pies and Tarts*, Williams Sonoma Kitchen Library (Time Life Books, 1999); *Simple French Cookery* van Edna Beilenson (Peter Pauper Press, 1958); *Modern Cookery Illustrated* van Lydia Chatterton (Odhams Press, 1947); *The Moro Cookbook* van Sam en Sam Clark (Ebury Press, 2003); *Nigel Slater Appetite* (Fourth Estate, 2002); *The Gourmet Cookbook* (Houghton Mifflin, 2004); *Modern Greek* van Andy Harris (Chronicle, 2002); *The Joy of Cooking* van Irma Rombauer, Marion Rombauer Becker en Ethan Becker (Simon & Schuster, 1997); *Tea and Sympathy Cookbook* van Anita Naughton (Putnam, 2002); *The River Café Cookbook* van Rose Grey en Ruth Rogers (Ebury Press, 1996); *Beard on Bread* van James Beard (Knopf, 1995); *Dining with Proust* van Jean Bernard Naudin (Random House, 1992).

$80-105 (23)

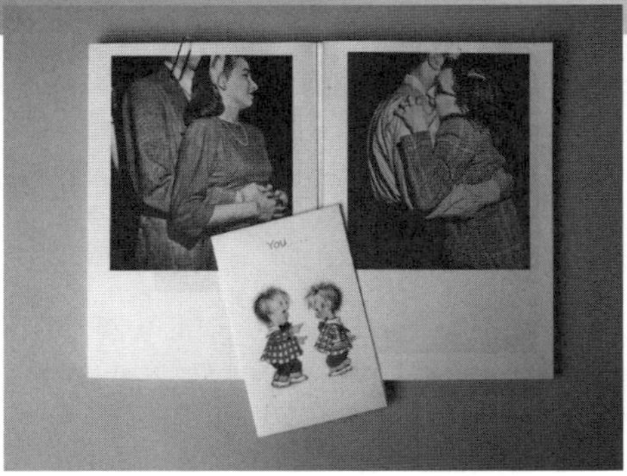

1203

LOT 1203

Boeken over fotografie uit Morris' bibliotheek

Veertig fotografieboeken, waaronder *Weegee's People* van Alfred 'Weegee' Fellig (De Capo Press, 1985); *Women* van Richard Prince (Regen Projects/Hatje Cantz Verlag, 2004); *Fragments from the Real World* van Garry Winogrand (Harry N. Abrams, 1988); *End of an Age* van Paul Graham (Scalo, 1999); *Strangers and Friends* van Thomas Struth (MIT Press, 1994); *William Eggleston 2¼* (Twelvetree Press, 1999); *All of a Sudden* van Jack Pierson (D.A.P., 1995); *Teenage Lust* van Larry Clark (Larry Clark, 1983); *Fashion: Photography of the Nineties* (Scalo, 1998); *David Hockney Photographs* (Petersburg Press, 1992); *The Bikeriders* van Danny Lyon (Twin Palm Publishers, 1998); *Jeff Wall* (Scalo, 1997); *Man Ray, Paris L.A.* (D.A.P., 1997); *Mamarazza* (Steidl, 1999); *Carlo Mollino Photographs, 1956-1962* (Salon 94, 2005); *Les Femmes* van J.H. Lartigue (Dutton & Co., 1974); *Like a One-Eyed Cat* van Lee Friedlander (Seattle Art Museum, 1989); *Nudes* van Thomas Ruff (Harry N. Abrams, 2003); *Boris Mikhailikov: A Retrospective* (Scalo, 2003); *The Lonely Life* van Jack Pierson (Edition Stemmele, 1997); *Babyland* van Takashi Homma (Littlemore, 1995); *Wolfgang Tillmans* (Taschen, 2002); *Sweet Life* van Ed van der Elsken (Harry N. Abrams, 1966). In *Weegee's People* zit een originele kaart van Doolan aan Morris met de tekst: *'Jou... vind ik leuk.'*

$1000-1500 (40)

1204

LOT 1204

Dubbele paperbacks

Dubbele exemplaren van zeven paperbacks, waaronder *This Side of Paradise* van F. Scott Fitzgerald (Penguin, 1978, en Scribner, 1960); *Bleak House* van Charles Dickens (Bantam, 1983, en Signet, 1964); *The Comedians* van Graham Greene (Penguin, 1966 en 1976); *Notes from Underground* van Fjodor Dostojevski (Dutton, 1960, en Penguin, 1972); *The White Hotel* van D.M. Thomas (Penguin, 1993, en King Penguin, 1982); *The Loser* van Thomas Bernhard (Vintage, 1993 en 2004); *The End of the Affair* van Graham Greene (Penguin, 1979 en 2004). Kwaliteit verschilt. Verschillende afmetingen.
$60-70 (14)

1205

LOT 1205

Enkele boekjes over bakken

Acht boekjes over bakken, uit Doolans verzameling. Kwaliteit verschilt. Verschillende afmetingen.

$10-20 (8)

LOT 1205a

Een kaarttafel

Een kaarttafel bedekt met bezoekerspasjes.

68,6 x 68,6 x (hoogte) 91,4 cm.

Niet afgebeeld.

$40-60

Als Morris terugkeerde van een zakenreis, plakte hij gewoontegetrouw zijn bezoekerspasjes op het blad van deze tafel.

1206

1207

1208

LOT 1206

Een verzameling sokken

Zeven paar sokken, weinig gedragen. Allemaal van het merk Paul Smith.

$10-30 (7)

Morris droeg elke dag twee paar sokken: één paar dat hij als ‘binnensokken’ beschouwde en droeg onder een paar meer geklede ‘buitensokken’, meestal van Paul Smith.

LOT 1207

Twee dvd-boxen

Een dvd-box met films van John Cassavetes en een met films van Eric Rohmer.

$40-60

Doolan deed de boxen cadeau aan Morris. De dvd *Claire’s Knee* ontbreekt in de Rohmer-box.

LOT 1208

Een ingelijste foto

Een ingelijste zwart-witopname van Monica Vitti uit de film *L’Avventura*. 27,8 x 22,9 cm.

$10-15

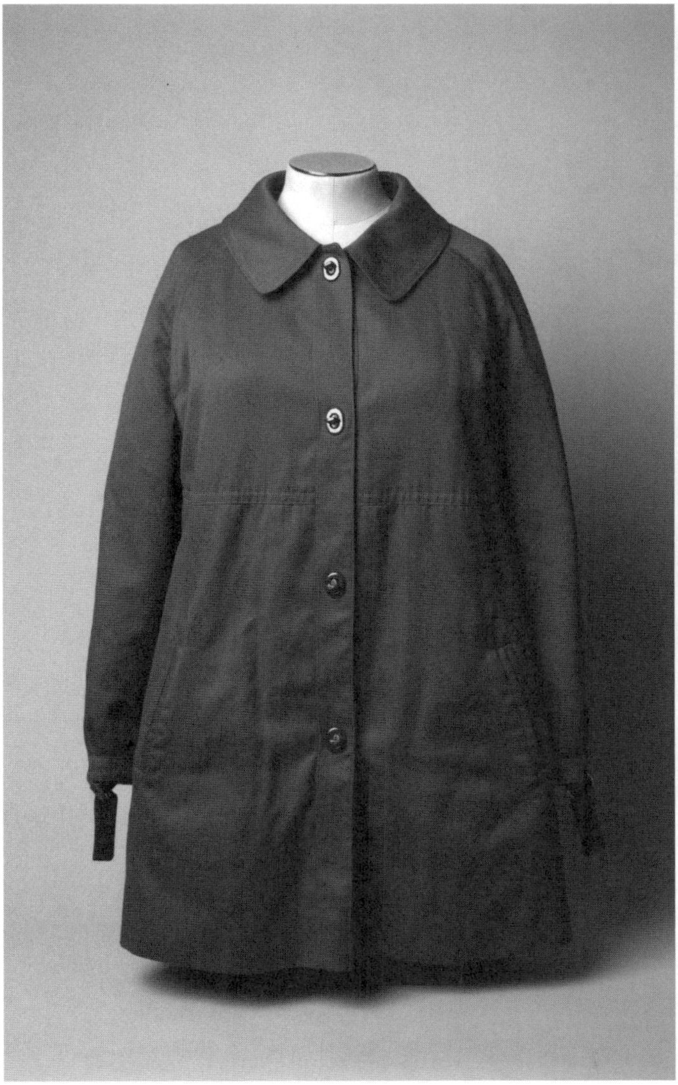

1209

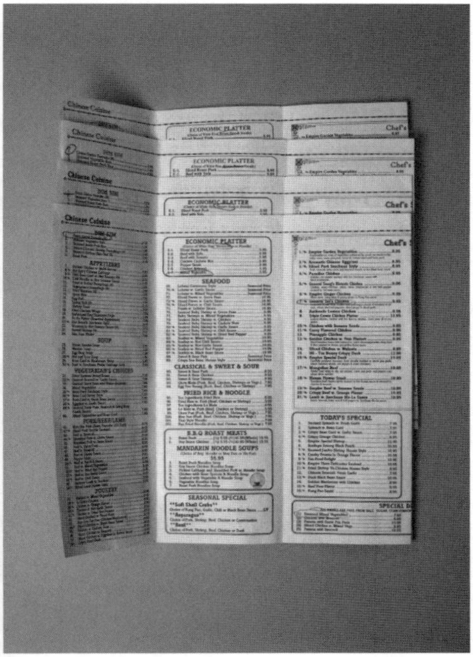

1210

1211

LOT 1209

Een damesjas

Een rode, gevoerde jas met merkje 'Weatherbee Fashion Original'. Damesmaat 5. Een boodschappenlijstje in een van de jaszakken – in Doolans handschrift, met de laatste drie artikelen in dat van Morris – luidt: *'Maldon-zeezout / agave / pancetta / asperges / erwtenscheuten / Devon-room / frambozenjam zonder pitjes / basterdsuiker / witte peperkorrels / semolinameel / pruimtomaten / Frosted Flakes / Goober Grape / Cola light.'* 12,7 x 17,8 cm.
$10-20

LOT 1210

Tien afhaalmenu's

Tien identieke menu's van het plaatselijke Chinese restaurant Wah-Sing. In alle exemplaren zijn de volgende gerechten omcirkeld: Sautéed Mustard Greens, General Zao's Chicken, Scallion Pancake, Health Special: Baby Bok Choy, Brown Rice. 43,2 cm x 28,0 cm (uitgevouwen).
$5-10 (10)

LOT 1211

Een koffiemolen

Een originele koffiemolen van KitchenAid. Enigszins versleten en met vlekken. 31,8 cm hoog.
$25-30

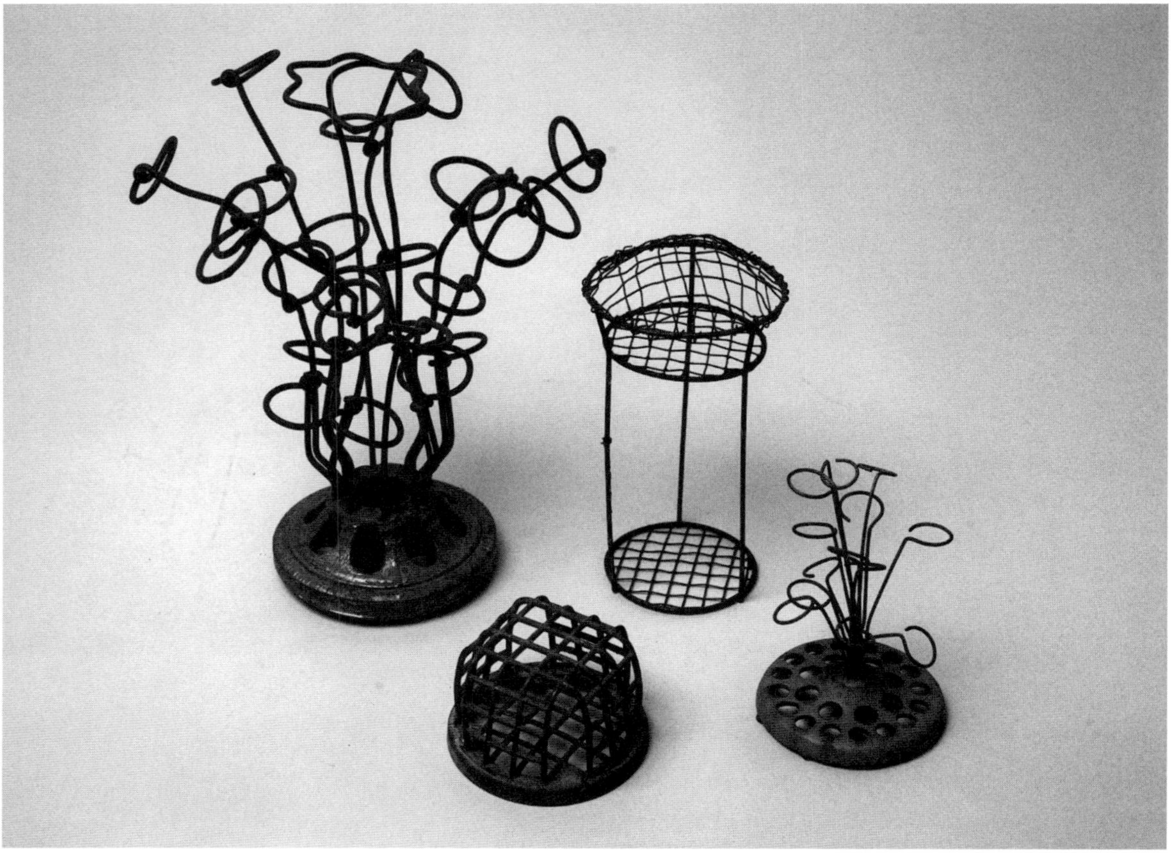

1212

LOT 1212

Draadijzeren bloemhouders

Vier groene bloemhouders van draadijzer, verf op de voeten licht beschadigd. Verschillende kwaliteit en afmetingen.

$5-10 (4)

LOT 1213

Paaseieren

Een verzameling van elf met de hand beschilderde paaseieren, door het paar versierd. Enkele zijn gebarsten, van enkele is de kleur vervaagd.

$10-20 (11)

LOT 1214

Een krantenknipsel

Een knipsel van Doolans *Cakewalk*-column van 19 mei 2005, over warme *cross buns*: traditionele Britse paasbroodjes waar een kruis in is gebakken. Titel: 'Twee halen, één betalen'. Het begin luidt: *'Hoewel ik bepaald geen vrome katholiek ben, houd ik me aan enkele onweerstaanbare paasgebruiken...'* 20,6 x 6,4 cm. *Niet afgebeeld.*

$5-10

1213

LOT 1215

Een doos kaarten met Triviant-vragen

Doos en kaarten enigszins versleten op de hoeken. Bewaard op de badkamer van 11A Sherman Street en gelezen als het paar zijn toilet maakte.

$20-25

1215

LOT 1216

Een handgeschreven briefje

Een handgeschreven briefje van Doolan aan Morris, geschreven achter op een uitdraai met een recept voor *simnel cake*, traditioneel paasgebak. Een deel van de tekst luidt: *'Ik kon gewoon niet geloven dat je zei dat je doodziek werd van taart. Ik besta ervan, en je hebt me ermee gekwetst. Ik begrijp dat je het zat bent om als proefkonijn te dienen, maar krijg het gevoel dat je niet waardeert wat ik doe of er iets om geeft. Alsof je me niet waardeert om wie ik ben. Mijn baan is net zo zwaar als de jouwe.'* 27,8 x 21,6 cm.

Niet afgebeeld.

$10-20

LOT 1217

Dellacourt

Drie paperbacks: *Luna* (Ballatyne, 1985), *Nana* (Ballatyne, 1987) en *Diva* (Ballatyne, 1989). In *Nana* is een handgeschreven brief van Morris aan Doolan ingevoegd, geschreven op lijntjespapier. De tekst luidt: *'7.50 u.: De trein vertrok vijf minuten te laat. Zit achter een knap stel. Hij draagt een gewoon T-shirt en een coole spijkerbroek, zij heeft een mooi Amerikaans gezichtje, paardenstaart. Volgens mij zijn ze verliefd. 10.00 u.: Heb nog nooit eerder een trein genomen die verder gaat dan Poughkeepsie. 11.00 u.: Het stel ligt tegen elkaar aan te slapen. Ik hoorde ze zoenen en lachte achter mijn boek. Ik vraag me af of je me van het station komt halen. Hoop het. 13.00 u. (ben door 12.00 u. heen geslapen): lappendeken van velden onder een koude hemel. Waar blijft de lente? De trein staat stil. De intercom kraakt, en de stem van de conducteur: "Dames en heren, uw aandacht alstublieft, er is iemand geraakt door de trein die voor ons rijdt. Een dodelijk ongeval, zodra het lichaam is weggehaald rijden we verder." Tjezus! 14.00 u.: Lunch, broodje kaas, wortel, twee miniflesjes wijn. 16.00 u.: Utica. 18.00 u.: Rijden net weg uit Niagara Falls. Moet koffie hebben. xx H.'* In mei 2005 ging Morris per trein op bezoek bij Doolans familie in Guelph in Ontario, waar Doolans vader voor een nieroperatie in het ziekenhuis verbleef. Verschillende afmetingen. (3)

$10-20

Gaat vergezeld van een handgeschreven briefje van Morris aan Doolans moeder, Tracey, waarin hij zich verontschuldigt voor zijn voortijdige vertrek. Een deel van de tekst luidt: *'Beste Tracey, het spijt me vreselijk dat ik mijn bezoek heb moeten afbreken. Ik vond het leuk je weer te zien en dank je voor de muffins...'*

1217

1219

1220

LOT 1218 teruggetrokken.

LOT 1219

Enkele voorwerpen

Geschenken die Morris aan Doolan stuurde toen hij in Australië, Japan, Parijs, Duitsland en Marokko werkte aan een reclameopdracht voor Volvo. *Yamanote* van Inigo Asis (Pocko Editions, 2001). Een leren luchtverfrisser. Een blauw snoepdoosje van Fouquet met roze lint. Een portemonnee van kangoeroebont. Een Oostenrijkse onderbroek. Een miniatuur-Eiffeltoren. Een pakje muntsnoepjes.

$30-40 (7)

LOT 1220

Een serie foto's van koelkastinterieurs

Vier foto's van verschillende koelkastinterieurs van vrienden, genomen door Doolan met Polacolor ER 669-film van Polaroid.

8,3 x 10,8 cm.

$12-24 (4)

LOT 1221

Uitdraai van een e-mailcorrespondentie

Een uitdraai van een e-mailcorrespondentie tussen Morris in Brussel en Doolan in New York, gedateerd 6 juni 2005. De tekst luidt:

Van: hmorris256@yahoo.com

Aan: lenore_doolan@nytimes.com

Kanjer, dank je voor je lieve woorden, ik kijk ernaar uit je weer te zien. Zoek ajb niets achter mijn voorstel om mijn noten in je honingtaartje te stoppen. Vluchtinformatie: Delta 908, aankomst op JFK om 1600 06/06/05.

Op 5 juni 2005 om 15.14 u. schreef lenore_doolan:

Lieverd je klonk zo down over de telefoon. Ik denk dat je niet moet onderschatten dat je een vaardigheid onder de knie hebt gekregen, dat je een vak beheerst, en natuurlijk: met wat je doet red je bepaald geen levens, maar je draagt je steentje bij, het geeft richting aan de cultuur. Je geniet aanzien in je wereld, wordt goed betaald en hebt iets te bieden. De rotklussen zijn beperkt, de goeie zijn de moeite waard, toch? Wees niet te streng voor jezelf, verbras je loon aan een goede biefstuk (Kijk naar mij! Ik schrijf over gebak. Gebak! Totaal nutteloos! Ik romantiseer de huisvrouw uit de jaren vijftig! Ik bezorg de mensen gaatjes!) Nu we het er toch over hebben: kom zodra je er bent, ik heb een recept voor Griekse honingtaart uitgeprobeerd en heb massa's over. Xx

27,8 x 21,6 cm.

Niet afgebeeld.

$5-10

1222

LOT 1222

Twee nachtlampjes

Een lamp van Lenore's kant van het bed, met een ronde voet van groene keramiek en een wit kapje. Een lamp van Morris' kant van het bed, met drie ijzeren pootjes die een bol van gele keramiek ondersteunen, plus geelbruine kap. Verschillende afmetingen.

$50-70 (2)

1223

LOT 1223

Enkele foto's

Een zwart-witafdruk van Celadon House, 12,7 x 17,8 cm. Een kleurenfoto van Morris die over een gazon loopt, 10,2 x 15,2 cm. Een kleurenfoto van Doolan op het stoepje voor het huis.

$20-30 (3)

Het paar huurde Celadon, ten noorden van New York, in de zomers van 2004 en 2005.

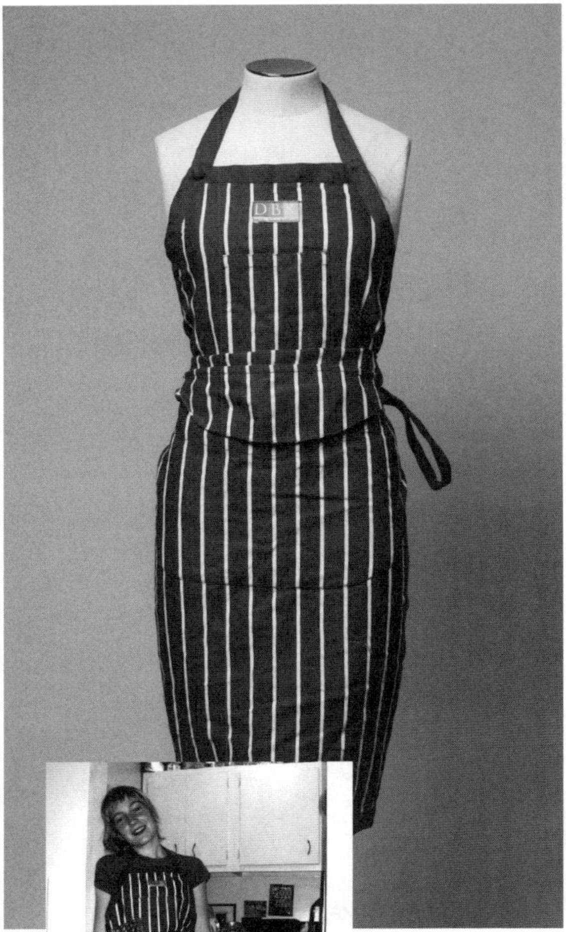

1224

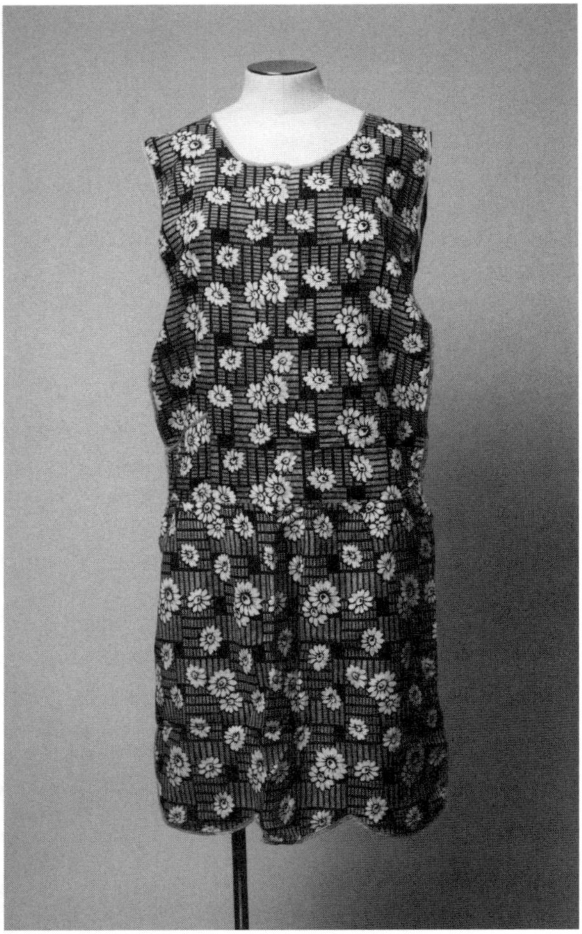

1225

LOT 1224

Twee keukenschorten

Een rood-wit gestreept, katoenen schort met op het merkje 'Daniel Boulud Kitchens'. Een schort met origineel bloemmotief, merkloos. In de zak van de laatste zit een door Morris met de hand geschreven briefje aan Doolan, achter op een boodschappenlijstje: *'Liefste, Derde partij bitterkoekjes absoluut de beste. X.'* 17,8 x 5,1 cm. Beide schorten maat S.

$5-10

Tot het lot behoort een foto waarop Doolan het gestreepte schort draagt.

LOT 1225

Verbrande salie

Een bosje verbrande salie.

$5-10

Doolan dacht dat het spookte in de eetkamer van Celadon House en had moeite met slapen. Morris zuiverde de kamer met salie in een poging haar op haar gemak te stellen.

1226

LOT 1226

Enkele rommelmarktartikelen

Een Kodak-handdoek. Een roestvrijstalen ijsschep. Een babypakje uit de jaren veertig met het prijskaartje ($35) er nog aan. Grijze sokophouders voor heren. *Understanding Human Behavior: An Illustrated Guide to Successful Human Relationships* (BPC Publishing, 1974). Verschillende afmetingen.

$10-15 (7)

1227

LOT 1227

Lowell, Robert

Vijf poëziebundels: *Notebook* (Farrar, Straus and Giroux, 1995); *For Lizzie and Harriet* (Farrar, Straus and Giroux, 1975); *The Dolphin* (Farrar, Straus and Giroux, 1974); *Life Studies* en *For the Union Dead* (Farrar, Straus and Giroux, 1966); en *Lord Weary's Castle* (Meridian, 1966). Verschillende afmetingen.

$10-25 (5)

1228

1229

LOT 1228

Zomerhoeden voor heren

Twee strooien fedora's. Merkloos, enigszins versleten.

$40-55 (2)

LOT 1229

Zomerhoeden voor dames

Twee katoenen zonnehoeden. Een van gingang, in goede staat, de andere met Marimekko-motief, enige slijtage aan de rand. Beide merkloos.

$40-55 (2)

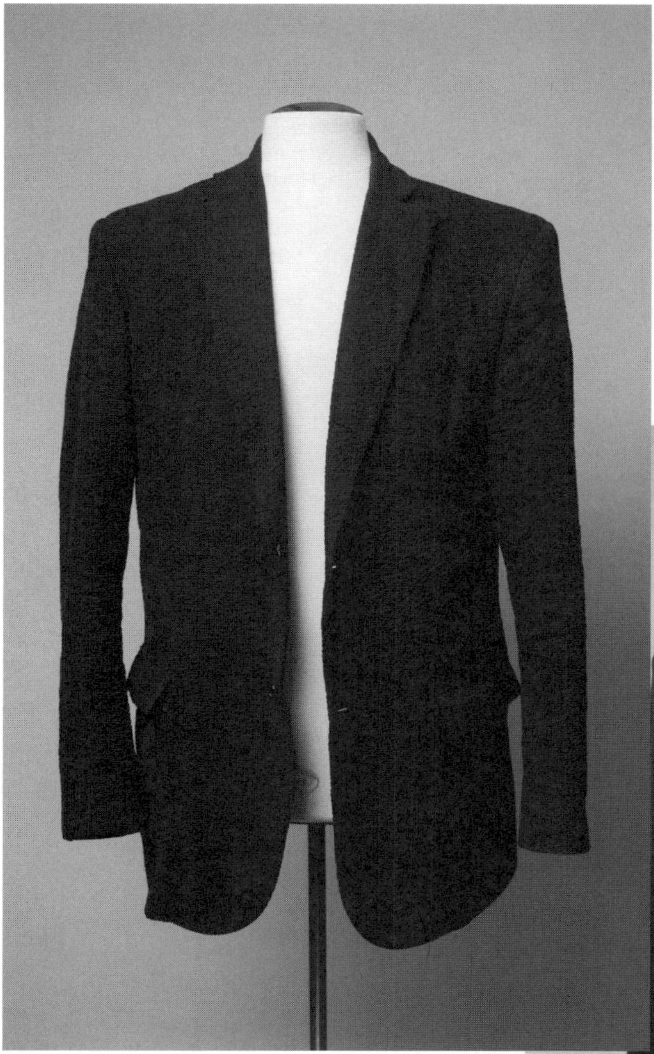

1230

LOT 1230

Een herencolbert en een fleecetrui

Een marineblauw colbert van seersucker met merkje 'Club Monaco'. Een donkergrijze fleece met merkje 'Vexed Generation'. In een zak zit een boodschappenlijstje van Doolan voor Morris, met de tekst: *'eieren / slagroom / witte basterdsuiker van D&Deluca, niet van Domino!'* Beide maat M.

$80-100

1231

LOT 1231

Twee paar witte schoenen

Twee paar witte hertenleren schoenen. In de zool van het herenpaar staat 'Prada', in die van het vrouwenpaar 'Toast'. Herenmaat 11, damesmaat 9. Veel gedragen.

$40-60 (2)

1232

LOT 1232

Een bruine mok

Een kapotte, bruine, geglazuurde mok met op de onderkant het opschrift 'Brickett Davda Made in England'.

$5-7

Tot het lot behoort een handgeschreven briefje van Doolan. De tekst luidt: *'H Het spijt me zo, ik weet dat het je lievelingsmok was. Zal hem laten repareren, beloofd.'*

1233

LOT 1233

Een bonbondoos

Een bonbondoos met daarop de tekst 'Les Langues de Chat, Demel Vienne'. Bevat een haarklem, een aluminium puntenslijper en een briefje van Morris aan Doolan met de tekst: *'L., Ik hou van je langues en van je chat, gisteravond was fantastisch. x H.'* 13,3 x 9,5 x 1,3 cm.

$10-20

1235

1236

LOT 1234

Een reeks foto's

Twintig foto's, genomen door Morris, van zijn voeten op de rand van het bad. 12,7 x 12,7 cm.

Niet afgebeeld.

$60-70 (20)

LOT 1235

Een verzameling van acht boeken

Acht boeken over erotiek: *Sisters* van David Hamilton en Alain Robbe-Grillet (William Morrow, 1973); *David Hamilton's Private Collection* (Morrow Quill, 1980); *Dreams of a Young Girl* van David Hamilton (William Morrow, 1971); *Bilitis* van David Hamilton (Quill, 1977); *Sleepless Nights* van Helmut Newton (Congreve, 1978); *Aline et Valcour* van D.A.F. de Sade (Jean Jacques Pauvert, 1956); *Five Men* van Tiffany Boots (Venus Library, 1969); *Bed Manners* van Dr. Ralph Hopton en Anne Balliol (Arden Book Company, 1942).

$60-90 (8)

LOT 1236

Twee dassen en twee kimonoceintuurs

Twee originele gestreepte dassen, met schuifknoop, en twee kimonoceintuurs. Verschillende lengtes.

$10-20 (4)

1237

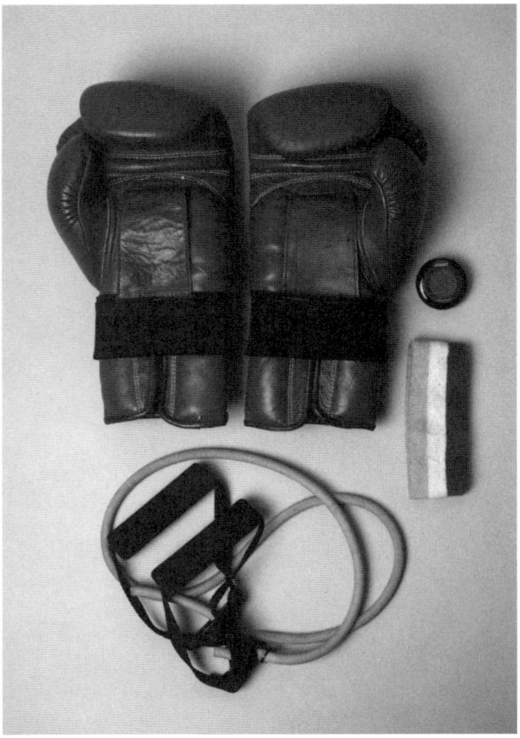

1238

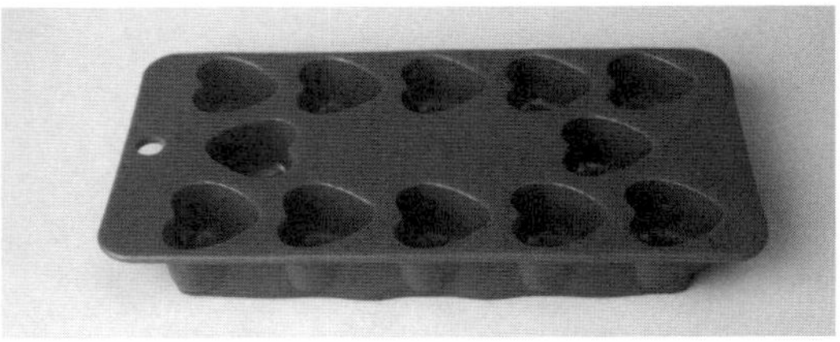

1240

LOT 1237

Een verzameling kledingstukken

Een origineel victoriaans jarretelhemd. Merkloos ruiterondergoed. Een paar ongebruikte visnetkousen, maat C, in originele verpakking van Agent Provocateur. Een paar doorzichtige plastic pumps met in de zool 'Private Collection'. Een paar zwarte pumps met in de zool 'Christian Louboutin', maat 8½.

$70-85 (5)

LOT 1238

Enkele fitnessattributen

Een paar blauwe bokshandschoenen. Een stappenteller. Een gestreept zweetbandje met op het merkje 'Goorin'. Expander. Alles in gebruikte staat.

$20-30 (4)

LOT 1239

Een krantenknipsel

Een knipsel van Doolans *Cakewalk*-column van 31 mei 2004, over de *singing hinnie*, een soort grote scone. Titel: 'Warme klanken'. De column begint als volgt: '*Vind je het gênant om je eten toe te zingen, draai de zaak dan om en laat je eten jou toezingen!*' 22,9 x 6,4 cm.

Niet afgebeeld.

$5-10

LOT 1240

Vorm voor hartvormige ijsblokjes

Siliconenvorm voor het maken van twaalf hartvormige ijsblokjes. Aan de onderkant enigszins versleten, verder in goede staat. 10,5 x 20,6 x 2,5 cm.

$5-10

1241

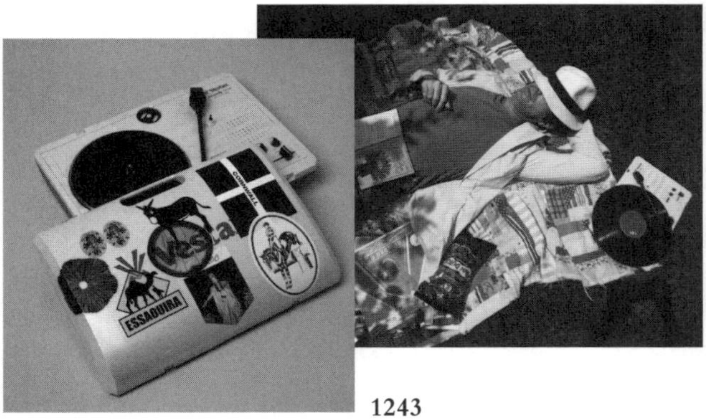

1243

1242

LOT 1241

Bemelmans, Ludwig; Mason, Betty

The Woman of My Life van Ludwig Bemelmans (Hamish Hamilton, 1957); *Dinners That Wait* van Betty Mason (Doubleday and Co., 1957), gebonden, eerste druk. In goede staat, enkele scheurtjes in het stofomslag. In het tweede boek zit een zelfgemaakte verjaardagskaart van Morris voor Doolan, met de tekst: '*Viooltjes zijn rood, Rozen zijn blauw. Komt puntje bij paaltje: Ik hou van jou. Fijne verjaardag, Boterbips. Liefs Hal.*' Eveneens aangehecht is een origineel lint met kaart van Jane Stubbs Books in Bergdorf Goodman. Verschillende afmetingen.

$50-100 (2)

LOT 1242

Jas van astrakan van Elsa Schiaparelli

Een vintage jas van astrakan van Elsa Schiaparelli. Enigszins versleten bij de schouders. Maat 36.

$900-1000

Morris vond de jas in een tweedehandswinkel in Athene; de eigenaar bezwoer hem dat hij ooit van Maria Callas was geweest.

LOT 1243

Een platenspeler

Een draagbare platenspeler, merk Vestax Handy Trax. Kap enigszins versleten, met op de buitenkant stickers van verschillende reisbestemmingen. 26,0 x 36,8 x 10,2 cm.

$20-30

Tot het lot behoort een door Doolan genomen foto van Morris met de platenspeler, tijdens een picknick. Morris draagt een hoed uit lot 1228. 10,2 x 15,2 cm.

LOT 1244

Brontë, Charlotte

Wuthering Heights, paperbackeditie (Dover, 1996). Enigszins beduimeld. Met tekst uit een gelukskoekje bij wijze van boekenlegger: *'Vroeg of laat zal uw oneindige geduld worden beloond.'* In de marge van pagina 105 staat in Doolans handschrift gekrabbeld: *'IJskoffie / appel / ijskoffie / groene thee / hamburger z. broodje / wodka-tonic.'* In de marge van pagina 225 staat in balpen geschreven: *'Sandra's psych – nummer Midge Zilkha vragen.' Niet afgebeeld.*

$12-18

1245

LOT 1245

Verzameling asbakken

Zes asbakken. Een van groen glas met het opschrift 'Pernod'. Een van Locanda Cipriani. Een met het opschrift 'Roma'. Een van geelbruin, geslepen glas. Een van blauw-bruin glas. Een van restaurant St. John in Londen. Verschillende afmetingen.

$20-40 (6)

Tot het lot behoren twee pakjes American Spirit en één pakje Marlboro Light met verschillende aantallen sigaretten, die Doolan op diverse plaatsen in Celadon House had verstopt. Op een opgerold stukje papier in een van de pakjes zit een briefje in Doolans handschrift met de tekst: *'Als je dit leest, was je er dringend aan eentje toe.'*

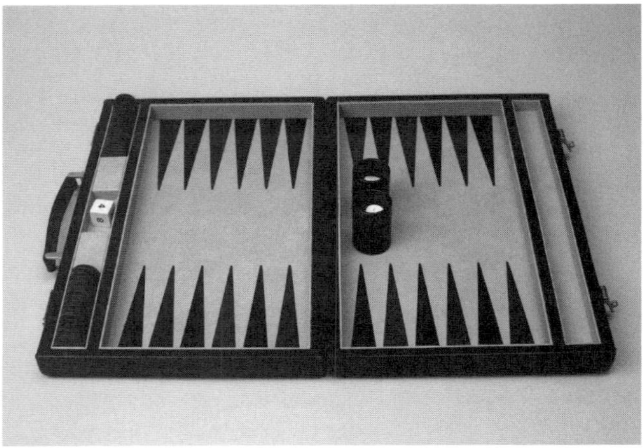

1246

LOT 1246

Een backgammonspel

Een leren backgammonspel. Eén hoek aan de buitenkant is enigszins verschroeid, verder in goede staat. 40,6 x 27,3 x 6,4 cm.

$50-75

1247

LOT 1247

Een handgeschreven briefje

Een aan beide zijden met de hand beschreven briefje van Morris aan Doolan. Een deel van de tekst luidt: *'Ik wil dat het goed gaat tussen ons, maar jij hebt kanten waar ik soms niet mee overweg kan. Als je je stem verheft en met spullen begint te gooien, klap ik dicht en word ik kil. Ik weet dat dat het erger maakt, maar ik kan er niets aan doen. Het backgammonbord in het vuur gooien was de druppel die de emmer deed overlopen...'* Op de achterzijde staat een handgeschreven notitie van Doolan aan Morris. Een deel van de tekst luidt: *'Ik heb iets nodig om me geliefd en zeker te voelen. Ik heb iets nodig om vertrouwen te kweken, om me veilig te voelen, zoals praten over ruzies en het gevoel hebben dat we er samen weer uit komen, in plaats van dat een van ons moet bewijzen dat de ander fout zit...'* 27,8 x 21,6 cm.

$10-20

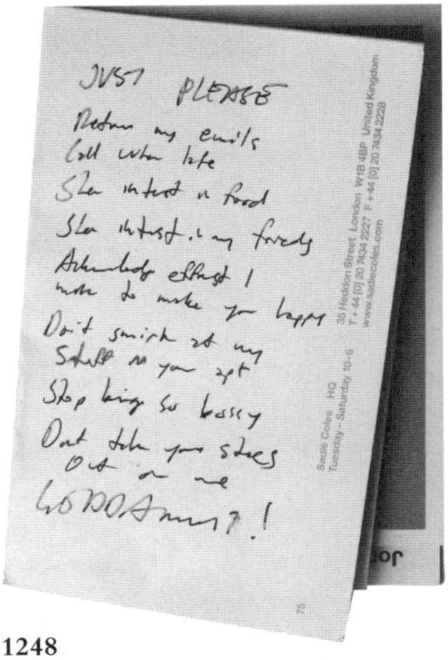

1248

1249

LOT 1248

Een handgeschreven briefje

Een lijst achterop een uitnodiging voor een vernissage, in Doolans handschrift: *'ALSJEBLIEFT / Beantwoord mijn e-mails / Bel even als je later komt / Toon belangstelling voor eten / Toon belangstelling voor mijn vrienden / Erken dat ik mijn best doe je gelukkig te maken / Geef niet af op mijn spullen in je app. / Doe niet zo bazig / Reageer je stress niet op mij af. / GodvrrrDOMme!'* 17,8 x 15,2 cm.
$10-20

LOT 1249

Een agenda

Een agenda van het jaar 2005 met één dag per pagina, van Smythson of Bond Street. Bij 13 augustus staat: *'Was stomerij ophalen / Dr. Zilkha 230 / papier voor Ann / thee / gr. koffie / maismuffin / ijskoffie met schuim / gesneden worteltjes / nieuwe bouillonpan / Ik denk dat ik een hekel heb aan Hal.'* 13,8 x 19,1 x 1,9 cm.
$15-25

LOT 1250

Exemplaar van *Country Life*

Een exemplaar van het tijdschrift *Country Life* van 18 augustus 2005. Tussen de pagina's zit een instapkaart van Virgin Atlantic Airlines; een briefje in Morris' handschrift bevat de tekst: *'Bananen / wc-papier / Criterion / Jason MPRC / Nieuwe bouillonpan.'*
$15-25

1250

1251

1252

1253

LOT 1251

Een foto

Een kleurenfoto van Harold Morris en Lenore Doolan. 15,2 x 10,2 cm. Genomen door Jason Frank.

$20-30

Deze foto bewaarde Doolan in haar bureau bij *The New York Times*.

LOT 1252

Een foto

Een zwart-witfoto van Lenore Doolan. Genomen door Morris. Enigszins versleten aan de randen. 17,8 x 12,7 cm.

$10-20

Morris bewaarde deze foto in de zonneklep van zijn auto.

LOT 1253

Een bijzondere stoel en een handgeschreven briefje

Een vintage stoel uit de jaren dertig van leer en eikenhout. In goede staat, enkele vlekken op het leer. Een briefje achter op een boodschappenlijstje, met de tekst: *'Je zei dat je om 8 u. terug zou zijn, je had kunnen bellen. Ben naar de film. Hier is je cadeau – Fijne verjaardag. L. 21.45 u.'* 61,0 cm breed x 76 cm hoog x 45,8 cm diep.

$700-900

LOT 1254

Een handgeschreven brief

Een handgeschreven brief van Ann Doolan aan Lenore Doolan: *'Hal vindt het blijkbaar heel moeilijk om te beseffen wanneer hij je kwetst etc. Waar het om gaat is of je kunt omgaan met iets waarvan het ernaar uitziet dat het misschien nooit verandert – is het dat waard. Hoeveel pijn het je uiteindelijk doet. Het leven lijkt een kwestie van leed afwegen tegen plezier, en zeggen: oké, het is leuk genoeg om bij deze persoon te blijven, en als het dat niet meer is ermee te kappen. Niemand is volmaakt, alleen is het probleem dat het echt heel moeilijk is om ergens mee te kappen. Ik las pas nog een dagboek uit de tijd dat ik met Stephen was en kon niet geloven hoe ongelukkig ik kennelijk was, maar me daar niet bewust van was omdat je geneigd bent ermee door te gaan. Het is eng en eenzaam om ermee te kappen, zelfs als je er vrij zeker van bent dat er een manier is om gelukkiger te worden. Zoveel leed weerhoudt ons ervan de banden door te snijden. Je weet dat mijn relatie met Stephen ongeveer achtenhalf jaar te lang heeft geduurd, en ik maak geen geintje...'* Lichtgroen vergé van Kate Spade, 20,3 x 14,0 cm.

Niet afgebeeld.

$10-15

1255

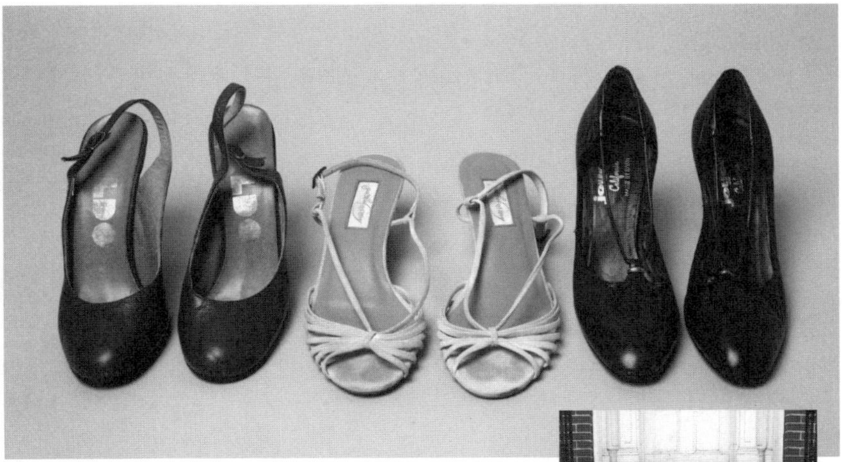

1257

1258

LOT 1255

Een verzameling visitekaartjes

Visitekaartjes die door het paar werden verzameld, onder andere van Scissors Palace, Mildred's Vegetarian Restaurant, schoonmaakbedrijf Seventh Village, Biography Bookshop, Quest Diagnostics en Vino Enoteca, met op de achterzijde geschreven: *'Relatietherapeut 212 555 7281.'*

Elk 6,4 x 7,6 cm.

$5-10 (14)

LOT 1256

Een krantenknipsel

Een knipsel van Doolans *Cakewalk*-column van 13 september 2005 over een cake die op de ovenbodem wordt gebakken. Titel: 'Van onderen!' 22,2 x 6,4 cm.

Niet afgebeeld.

$5-10

LOT 1257

Drie paar damesschoenen

Drie paar schoenen. Een paar bruine hoge hakken met ronde neus en hielbandjes en binnenin 'Aldo'. Een paar witte suède instappers met hak, met binnenin 'Rachel Comey'. Een paar donkerblauwe pumps met binnenin 'Joyce California'.

$50-60 (3)

Tot het lot behoort een foto van Doolan waarop ze op de trap voor 11A Sherman Street zit, met de bruine pumps met hielbandjes en de jas die wordt genoemd in lot 1242. 15,2 x 10,2 cm.

LOT 1258

Zelfhulpboeken en boeken over relaties

The Art of Loving van Erich Fromm (Harper & Row, 1962); *Why We Love* van Dr. Helen Fisher (Henry Holt and Co., 2004); *He's Scared, She's Scared* van Steven Carter en Julia Sokol (Dell Trade Paperback, 1995).

$20-30 (3)

LOT 1259

Een uitnodiging

Een uitnodiging voor het Halloween-feest van Subramanian en Vitale in 2005. 12,7 x 17,8 cm.
$5-10

1259

LOT 1260

Drie foto's

Een foto van het paar in Halloween-kleding, met Doolan verkleed als Annie Hall en Morris als Woody Allen. Een foto van Morris als Woody Allen, in gesprek met een onbekende vrouw in Hawaïaanse dracht. Een foto van Doolan als Annie Hall, met Hugh Nash. 10,2 x 15,2 cm.
$10-20 (3)

1260

LOT 1261

Een uitdraai van een e-mailbericht met adresinformatie

Een e-mailbericht van Morris aan Doolan. De volledige tekst luidt:
Van: hmorris256@yahoo.com
Aan: lenore_doolan@nytimes.com
Datum: 15 november 2005
Onderwerp: Hoi
IJsland is schitterend, maar het werk saai. Ik zit in Hótel Borg, Posthusstraeti 11, 101 Reykjavik, tel 551 1440, fax 551 1420. Ik weet dat je het de afgelopen week moeilijk hebt gehad. Sorry voor de ellende die ik heb veroorzaakt doordat alles zo onzeker is. Maar het is goed om elkaar even niet te zien. Ik weet nog steeds niet waar ik naar op zoek ben en moet er iets mee dat ik zo ongelukkig ben, maar ik wil echt dat het goed gaat, besef dat alsjeblieft. Zie ik je met Thanksgiving bij Marianne? Dan hebben we het erover.' 28,0 x 21,6 cm. *Niet afgebeeld.*
$10-15

LOT 1262

Exemplaar van *Gourmet*

Een exemplaar van het tijdschrift *Gourmet* van november 2005. Bevat een onverstuurde brief van Doolan aan Morris, gedateerd 14 november 2005. Een deel van de tekst luidt: *'Gisteravond heb ik het rolletje opgehaald van het laatste weekend dat we thuis waren. Ik lig op bed naar de afdrukken te kijken. Die ik van jou genomen heb terwijl je aan tafel de krant leest en thee drinkt zitten er ook bij. Ik voelde warmte en paniek, een heel verwarrende vreemdheid en gemis. Ik wil zo graag dat je gelukkig bent, dat je weet wat je wilt. Ik heb de sterke, zij het complexe hoop dat het goed komt tussen ons... schrijf ons nog niet af.'* Op geel kleinfoliopapier. 28,0 x 21,6 cm.
$8-12

1262

1264

1263

LOT 1263

Een serie foto's

Een groepsfoto van Thanksgiving bij Grau-Melnychuk. Van links naar rechts: Lenore Doolan, Marianne Grau, Harold Morris, Peter Melnychuk, Suzanne Melnychuk. Een foto van Grau, Doolan en Morris. Vier foto's waarop het gezelschap Hints speelt. Een foto van Doolan met Harriet, de hond van Peter Melnychuk. 10,2 x 15,2 cm.

$15-25 (7)

LOT 1264

Een plastic haai

Een plastic haai van Morris. De bek is eraf gekauwd.

5,1 x 28,3 cm.

$5-10

Doolan paste af en toe op Harriet, de hond van Peter Melnychuk en Marianne Grau.

LOT 1265

Een krantenknipsel

Een knipsel van Doolans *Cakewalk*-column van 29 november 2005 over de vruchtentaart uit Truman Capote's kerstherinneringen. Titel: 'Een taart voor naasten en dierbaren'. De column begint als volgt: *'Stel je een ochtend aan het einde van november voor...'*

20,0 x 6,4 cm.

Niet afgebeeld.

$5-10

1266

LOT 1266

Enkele versieringen

Drie Mexicaanse, blikken kerstboomversieringen van de drie koningen. Aan het paar gegeven door de ouders van Doolan. In goede staat. 13,3 cm hoog.

$15-20 (3)

1267

LOT 1267

Een kaars met handgemaakt etiket

Een kaars met een etiket waarop staat: *'Bougie pour nos amis, goud, wierook, mirre, Fijne kerstdagen van Lenore en Hal.'* Overblijfsel van de kaarsen die het paar als kerstcadeautjes weggaf. 8,3 cm hoog.

$55-75

1268

LOT 1268

Zelfgemaakte pompons

Pompons, door Doolan gemaakt als kerstboomversiering. Verschillende afmetingen.

$10-15 (12)

1269

LOT 1269
Een theepot
Een theepot in de vorm van een hond, met opschrift 'Made in Scotland' (geschilferd en met stukjes eraf). Hoogte 17,8 cm.
$12-20

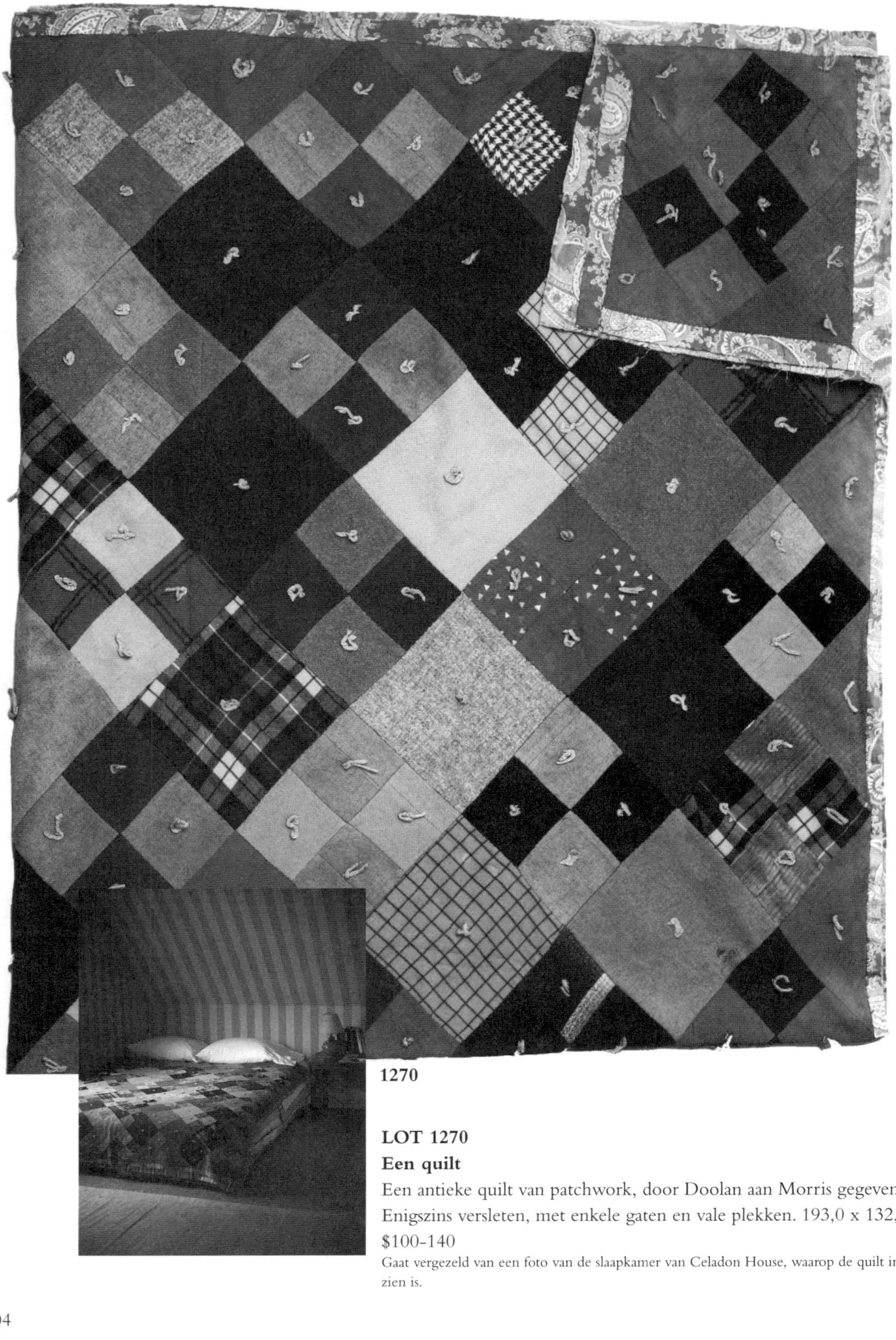

1270

LOT 1270

Een quilt

Een antieke quilt van patchwork, door Doolan aan Morris gegeven. Enigszins versleten, met enkele gaten en vale plekken. 193,0 x 132,0 cm.

$100-140

Gaat vergezeld van een foto van de slaapkamer van Celadon House, waarop de quilt in situ te zien is.

1271

1272

1273

LOT 1271

Een kunstcollectie

Een ingelijste zwart-witfoto van Stéphane Sednaoui van zijn toenmalige vriendin, Björk. Gekocht door Morris als cadeau voor Doolan. 61,0 x 45,7 cm. Een ingelijste ets *Yoko Standing* uit het boek *Yoko* van Don Brown. 16,5 x 22,2 cm. Een ingelijste ansichtkaart van *Nude, 1936* van Edward Weston. 17,8 x 22,9 cm.

$200-300 (3)

LOT 1272

Auden, W.H.

Some Poems, eerste druk (Faber and Faber, 1937). Gelezen, enigszins beduimeld. De opdracht luidt: *'Enkele X's voor H...'*

$40-55

LOT 1273

Woolf, Virginia

A Haunted House and Other Stories (Hogarth Press, 1950), eerste druk. In goede staat, bevat enkele aantekeningen op de pagina's. Opdracht op het schutblad luidt: *'Voor L, liefs H, kerst 2005.'*

$40-55

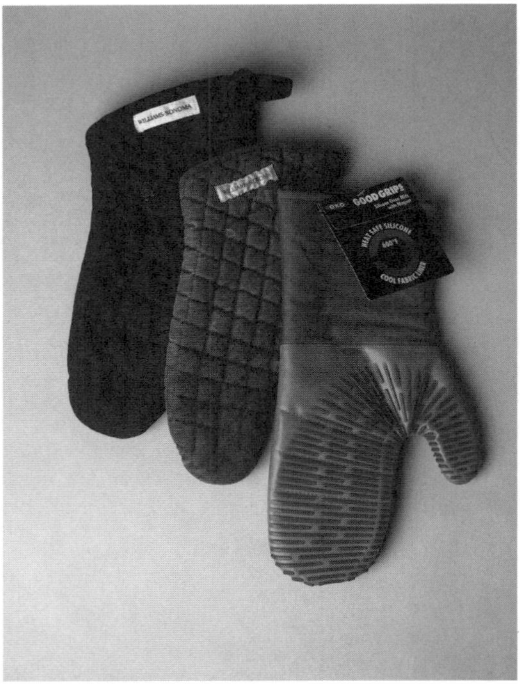

1274

1276

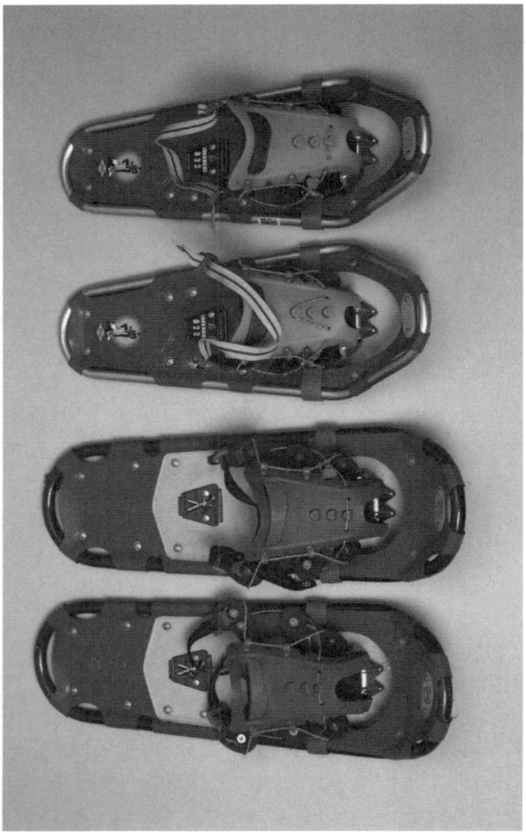

1275

LOT 1274
Een verzameling ovenwanten
Doolans verzameling ovenwanten: een van Williams Sonoma, een originele van Conran en een van siliconen van Isi. Aan het exemplaar van siliconen hangt nog een kaartje met het merk erop. Andere veelvuldig gebruikt.
$20-45 (3)

LOT 1275
Sneeuwschoenen
Twee paar sneeuwschoenen van Atlas, een voor heren, een voor dames. Weinig gebruikt. Heren maat 11, dames maat 9.
$100-150 (2)

LOT 1276
Een compilatie-cd
Een door Morris samengestelde compilatie-cd voor Doolan met de titel: *Merry Melodies for Lally from Hally.* Het beeld op het doosje is een detail van een olieverfschilderij van Alfred Franck. Lijst met nummers: *'Christmas Song', The Raveonettes / 'I'll Be Home for Christmas', Aimee Mann / 'God Rest Ye Merry Gentlemen', Bright Eyes / ('Just Like Christmas'), Low / 'Christmas Party (featuring Nicole Sheahan)', The Walkmen / 'Silent Night', Klaus Nomi / 'I Saw Three Ships', Sufjan Stevens / 'Christmas at the Zoo', The Flaming Lips / 'Frosty the Snowman', Cocteau Twins / 'I'm Gonna Lasso Santa Claus', Brenda Lee / 'It's Christmas Time', Yo La Tengo / 'The Christmas Waltz', Peggy Lee / 'We Three Kings', Sufjan Stevens / 'Blue Christmas', Low / 'Gloria in Excelsis', Pond.*
12,1 x 14,0 cm.
$20-35

LOT 1277

Briefje op een afhaalmenu

Een door Doolan met de hand geschreven briefje achter op een menu van een afhaalrestaurant. De tekst luidt: ~~'IK HEB MEZELF BUITENGESLOTEN! 9.00 u. KAN JE MOBIELTJE BINNEN HOREN! STERVENSKOUD! GA NAAR STARBUCKS / 10.00 u. NOG STEEDS BUITENGESLOTEN. WAAR BEN JE? / GA NAAR MALACY'S~~ / 1.00 u. NOG STEEDS BUITENGESLOTEN. IN DE BAR. KOM ME HALEN.' 25,4 x 10,2 cm.

$10-15

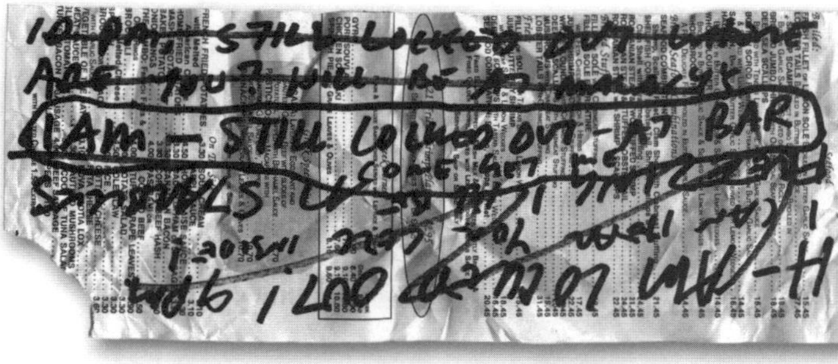

1277

LOT 1278

Twee tafelkaartjes van een bruiloft

Tafelkaartjes van een bruiloft, het ene met 'Lenore Doolan' erop, het andere met 'Harold Morris', van het huwelijk tussen Adam Bainbridge en Luba Polarski op 13 januari 2006. Achter op Morris' kaartje staat de volgende correspondentie, afwisselend in het handschrift van Morris en dat van Doolan: *'Wie is dat? / Halfbroer / Ben je ontroerd? / Ja! / Je bent dol op bruiloften / Ze ontroeren me! / Ik dacht dat je niet zo van het trouwen was / Ik zou willen dat er iemand was die genoeg van me hield om met me te willen trouwen / Ik hou van je / Dank je.'* 12,7 x 7,6 cm.

$10-20 (2)

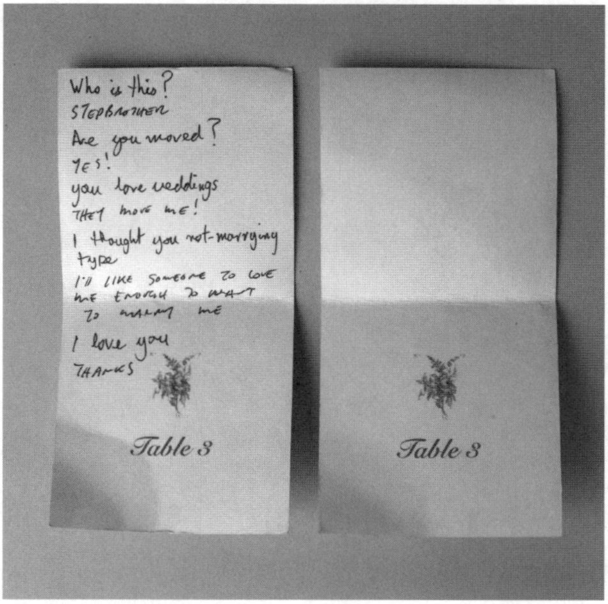

1278

LOT 1279

Drie kruidenpotjes vol kwartjes

Cilindervormige glazen potjes. Op de etiketten staat: 'Spaanse saffraan', 'Kaneelstokjes' en 'Maanzaad'. In het handschoenenkastje van Morris' Honda bewaard voor tol- en parkeergeld. Verschillende afmetingen.

$35-75 (3)

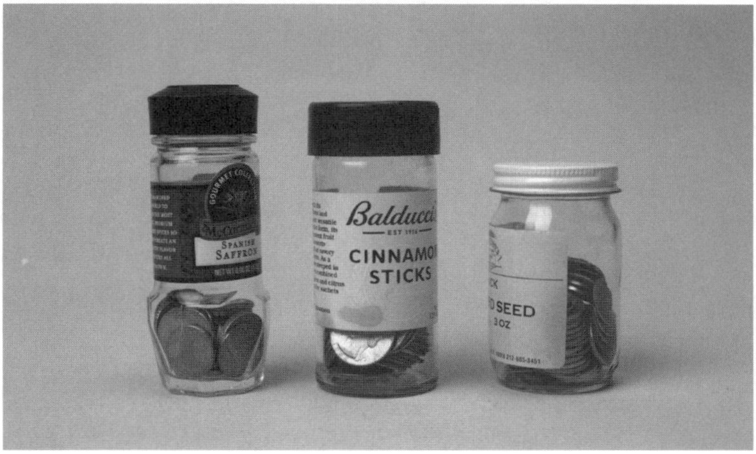

1279

1280

LOT 1280

Een serie foto's van het paar

Een serie van vijf zwart-witfoto's, genomen door Doolan. Doolan en Morris figureren erop als respectievelijk Ted Hughes en Sylvia Plath, Ernest Hemingway en Martha Gellhorn, Richard en Linda Thompson, Woody Allen en Diane Keaton en het paar uit de foto *This Photograph Is My Proof* van Duane Michals. Elk 8,3 x 10,8 cm.

$25-50 (5)

1281

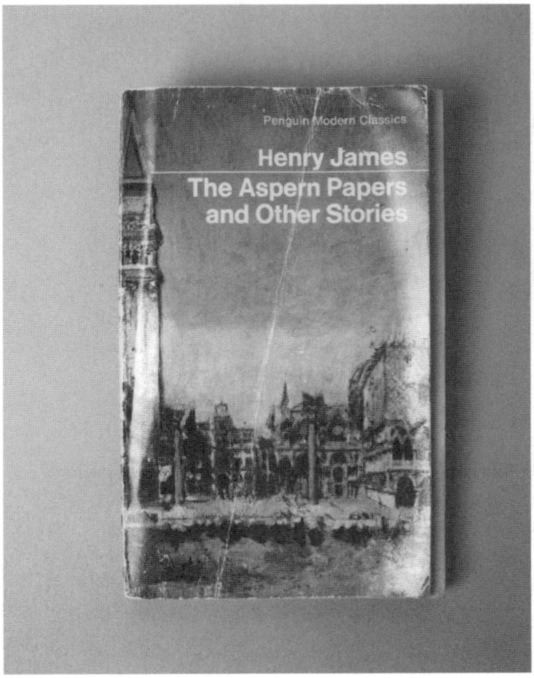

1282

LOT 1281

Peper-en-zoutstellen

Zes peper-en-zoutstellen, door het paar gestolen uit diverse restaurants. Verschillende afmetingen.

$30-35 (6)

LOT 1282

James, Henry

The Aspern Papers and Other Stories (Penguin Modern Classics, 1976), paperback. Enigszins beduimeld. In balpen staat op pagina 89 in Morris' handschrift de tekst geschreven van 'One of These Things First' van Nick Drake. Een deel van de tekst luidt: *'I would be / I should be so near.'*

18,1 x 11,4 x 0,6 cm.

$10-20

1283

LOT 1283

Een verzameling T-shirts

Achttien T-shirts van Harold Morris, aangeschaft tussen 2003 en 2006. Een T-shirt met opschrift 'St. Pauls Crusaders', met merkje 'Mason'. Een donkerblauw poloshirt, met merkje 'Chemise Lacoste'. Een T-shirt met opschrift 'Boston' en merkje 'Perrin Pro-Weight'. Een T-shirt met opschrift 'Colts' en merkje 'Jerzees Heavyweight Blend'. Een T-shirt met opschrift 'Battles', zonder merkje. Een T-shirt met opschrift 'University of Toronto', zonder merkje. Een T-shirt met opschrift 'Dodgers', zonder merkje. Een khaki T-shirt, met merkje 'Helmut Lang'. Een grijs-wit poloshirt, met merkje 'An Original Penguin by Munshingwear'. Een bruin T-shirt met merkje 'Helmut Lang'. Een

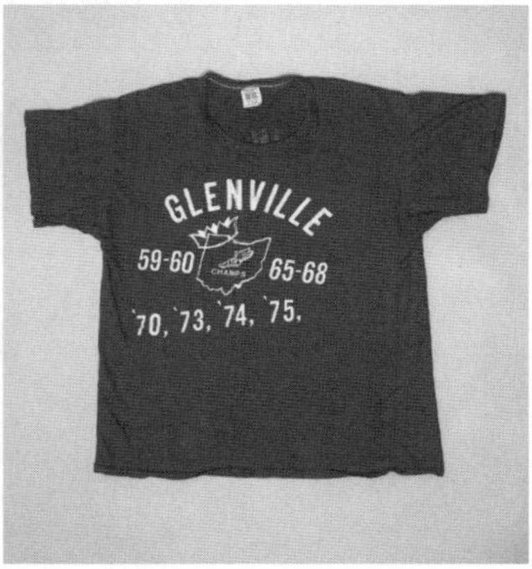

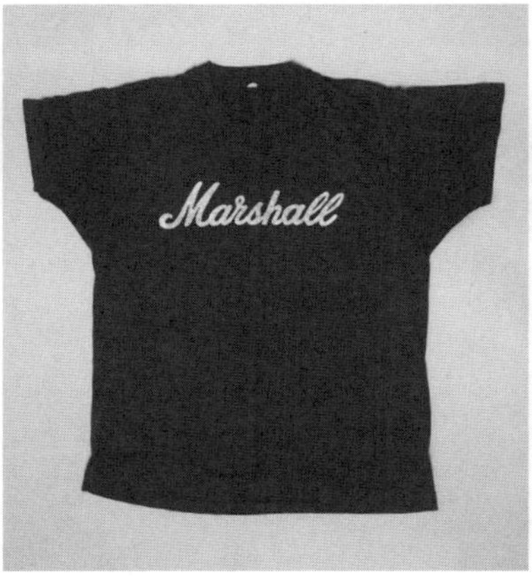

zwart T-shirt met opschrift 'Jay Jay's Lounge', zonder merkje. Een T-shirt met opschrift 'Vogue' en merkje 'Russell Athletics'. Een grijs T-shirt met merkje 'James Perse'. Een zwart T-shirt met ruimtethema, met merkje 'Emerson Cotton'. Een T-shirt met opschrift 'Glenville 59-60, 65-68, '70, '73, '74, '75', met merkje 'Supertee'. Een T-shirt met opschrift 'I'm Proud to Be a Filipino', met merkje 'Belton Preshrunk'. Een T-shirt met opschrift 'Marshall', met onleesbaar merkje. Een T-shirt met opschrift 'Baxter Fishing Equipment', met merkje 'Screen Stars'.

$100-125 (18)

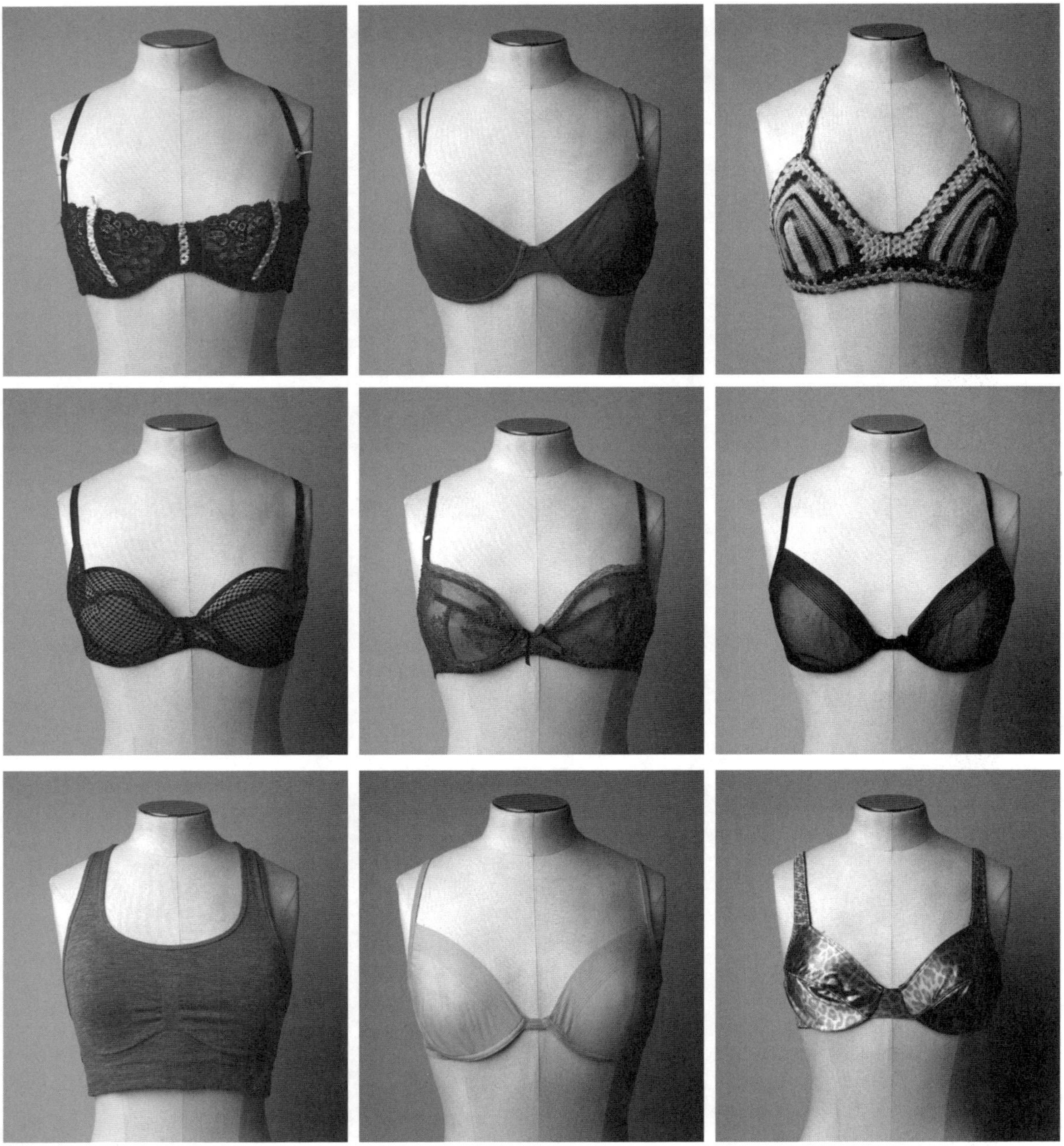

1284

LOT 1284
Een verzameling beha's

Achttien beha's van Lenore Doolan, aangeschaft tussen 2003 en 2006. Een beha van zwart-met-geel kant, met merkje 'Carol Malony'. Een van rode nylon met dubbele bandjes, met merkje 'Cosabella'. Een veelkleurige, gehaakte beha zonder merkje. Een roze-met-zwarte, geruite beha, met merkje 'Agent Provocateur'. Een van roze nylon, met merkje 'Cosabella'. Een van zwarte nylon met merkje 'Cosabella'. Een sportbeha van grijze nylon en elasthan, met merkje 'Champion'. Een bruine beha met geelbruine bies, met merkje 'Eres'. Een van nylon met luipaardprint,

met merkje 'Vassarette'. Een rode met witte hartjes, zonder merkje. Een bruine met ruches, met merkje 'Chantal Thomass'. Een zwarte geruite van nylon, met merkje 'Burberry'. Een van gele kant, met merkje 'Elle MacPher - son Intimates'. Een wit-met-blauwe katoenen beha met knoopjes, met merkje 'Lovable'. Een zwart-met-geelbruine van nylon, met merkje 'Myla'. Een zwarte van katoen en elasthan, met merkje 'Calvin Klein'. Een van zwarte kant, met merkje 'Huit'. Een van roomkleurige zijde, met merkje 'Vivienne Corset Shoppe'.

$100-170 (18)

1288

LOT 1285

Een brief van *The Washington Post*

Een brief voor Doolan van de 'Arts and Life'-redactie van *The Washington Post*, waarin die haar een voltijds baan als culinair journalist en adjunct-restaurantcriticus aanbiedt.
Niet afgebeeld.
$10-15

LOT 1286

Een handgeschreven brief

Een brief van Morris aan Doolan, op briefpapier van het Swisshotel in Zürich, gedateerd 29 januari 2006. Een deel van de tekst luidt: *'Het betekent heel veel voor me dat je het niet doet. Egoïstisch als ik ben denk ik dat het de juiste beslissing is, en ik weet dat die voor ons tweeën verstandig is...'*
Niet afgebeeld.
$10-15

LOT 1287

Handgeschreven opzetjes voor een brief

Opzetjes voor een brief aan de chef 'Arts and Life' van *The Washington Post*, waarin het aanbod wordt afgewezen, in handschrift op geel kleinfoliopapier.
27,9 x 21,6 cm.
Niet afgebeeld.
$5-10

LOT 1288

Een map

Een map met uit woontijdschriften gescheurde bladzijden, behang, stoffen en verfstalen.
$20-45

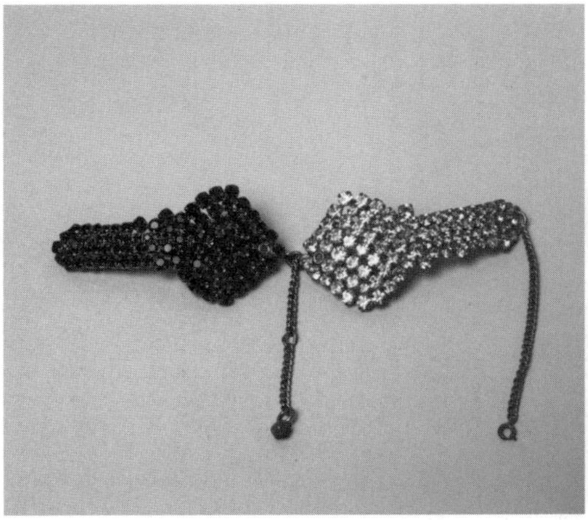

1290

1291

LOT 1289
Een krantenknipsel
Een knipsel van Doolans *Cakewalk*-column van 3 februari 2006, over geglaceerde citroencake. Titel: 'Lekker geel is niet vies'. De column begint als volgt: *'Samentrekken is een grappige reflex: hij treedt op als je een kus geeft, als je in het water springt of als je een scherpe zure smaak proeft...'* 19,7 x 6,4 cm.
Niet afgebeeld.
$5-10

LOT 1290
Een armband
Een armband, door Morris geschonken aan Doolan, van kunstdiamant en in de vorm van twee sleutels. 15,2 cm lang.
$12-15

LOT 1291
Een valentijnskaart
Een valentijnskaart van Doolan aan Morris. De volledige tekst luidt: '*Ik hou nog steeds van je.*'
$12-15

LOT 1292
Een menu
Een menu voor Valentijnsdag, met de hand geschreven door Doolan. *'Amerikaanse kaviaar op ijsbergsla / Hartvormige radijsjes / Roze schildpaddensoep / Foie gras "Morris" / Gevogelterolletjes met saus / Grapefruit Maraschino / Doolan-Decker Red Velvet Cake / Koffie met chocolaatjes van Charbonnel / Wijn: Le Cigar Volant, Bonny Doon, 1994.'* 17,1 x 11,4 cm.
$50-65

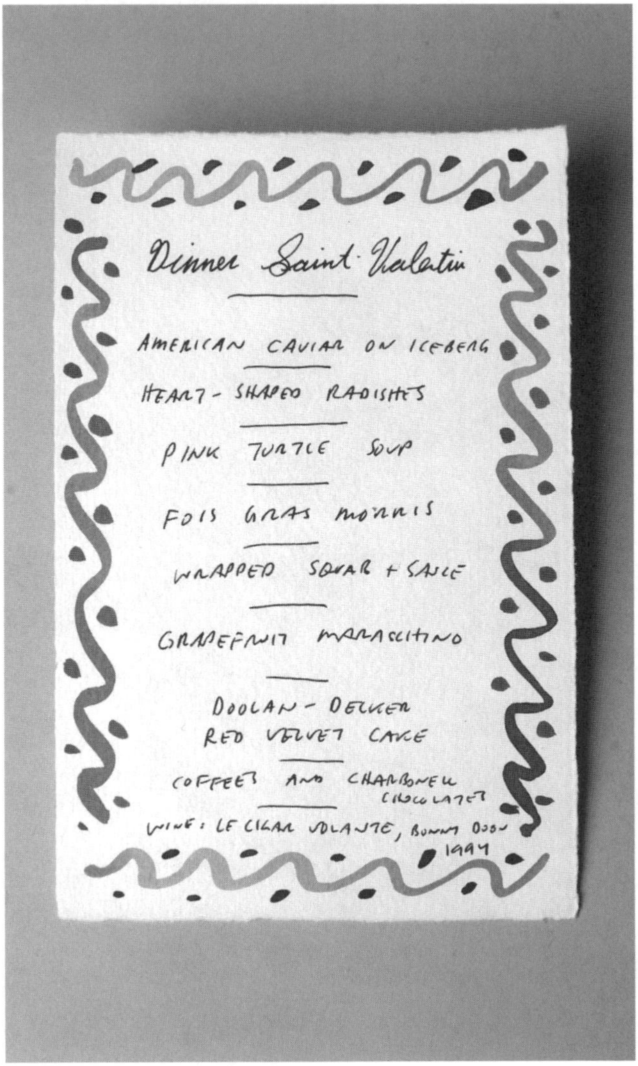

1292

1293

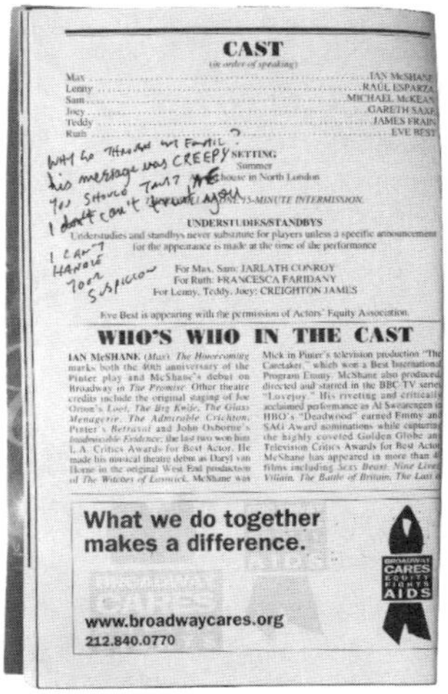

1294

1295

LOT 1293
Verf
Een reeks verfblikjes (monsters) van Farrow and Ball in de kleuren 'Shaded White', 'Dead Salmon', 'Folly Green', 'Arsenic', 'Pigeon', 'Matchstick', 'Down Pipe' en 'Savage Ground'.
$10-30 (8)

LOT 1294
Een theaterprogramma voor *Abigail's Party*
Een programma voor *Abigail's Party*. Op een pagina wisselen het handschrift van Doolan en Morris elkaar af: *'Waarom snuffel jij in mijn e-mail? / Het was een eng bericht dat hij stuurde. / Vertrouw me nou maar. / Ik ~~vertrouw je niet~~ kan je niet vertrouwen. / Ik kan niks met jouw wantrouwen.'*
21,6 x 13,3 cm.
$10-15

LOT 1295
Een vacht van een Gotlandschaap
Een donkere vacht van een Gotlandschaap. In maart 2006 door Morris gekocht in Kopenhagen. In goede staat.
$40-55
De vacht kwam aan Morris' kant van het bed te liggen.

1296

1297

LOT 1296

Enkele schilderijen

Vijf door het paar verzamelde schilderijen uit uitdragerijen. Verschillende afmetingen.

$20-45 (5)

LOT 1297

Een uitnodiging

Een uitnodiging van Doolan en Morris voor de housewarmingparty ter gelegenheid van de verbouwing van hun huis. 14,2 x 11,4 cm.

$10-15

LOT 1298

Een lamp die van kleur verandert

Een pulserende Mathmos-lamp. Aan het paar geschonken door Jason Frank. 19,0 x 10,8 x 6,4 cm.

Niet afgebeeld.

$50-60

1299

LOT 1299

Een verzameling gebreide etenswaren

Bloemkool, Oreo-koekje, biet, spruitje, Battenbergcake, komkommer, bolletje met kruis erin gebakken, twee cakejes, boon, champignon, donut en kersen, alles gebreid. Aan het paar geschonken door Kyle Kaplan.

$15-20 (13)

LOT 1300

Papieren boekenlegger van St. Mark's Bookshop

Op de achterkant staat, in Doolans handschrift: *'Walter / Lucas / Matthew / Pierre / Vera / Zelda / Cloghda / Bronwyn.'*

17,8 x 4,4 cm.

Niet afgebeeld.

$5-10

1302

LOT 1301

Een krantenknipsel

Een knipsel van Doolans *Cakewalk*-column van 29 mei 2006, over *bara brith*: vruchtenbrood uit Wales. Titel: 'Zwarte thee, specerijen en ander lekkers'.

18,1 x 6,4 cm.

Niet afgebeeld.

$5-10

LOT 1302

Enkele rommelmarktartikelen

Een originele, handgebreide, groene wollen trui met rits, kindermaat, ca. 1940. Een regenboogketting. Een videoband van *Annie Hall*. Een grote plastic dobbelsteen. Een hartvormige broche. Verschillende afmetingen.

$40-80 (5)

1303

LOT 1303

Een opgezette eekhoorn

Een opgezette grijze eekhoorn, gevonden in een antiek-winkel. 21,9 cm hoog.

$50-75

Tot het lot behoren twee foto's: een waarop Doolan doet alsof ze de eekhoorn te eten geeft en een waarop Morris scrabble met de eekhoorn speelt.

LOT 1304

Een agenda van het jaar 2006 met één dag per pagina, van Smythson of Bond Street. Bij 11 juni staat: *'12 over tijd / misschien zwanger / Voordelen: / het leven niet mijden / baby / gezinseenheid / een warm nest creëren / vooruit met de geit / je een deel van de wereld voelen. Nadelen: angst rest leven met H door te brengen / Hal die er nooit is / zal niet willen trouwen / H's vrienden allemaal spijt van kinderen / wil hier niet zo over twijfelen / weet niet of ik H's baby wil.'*

Niet afgebeeld.

$15-25

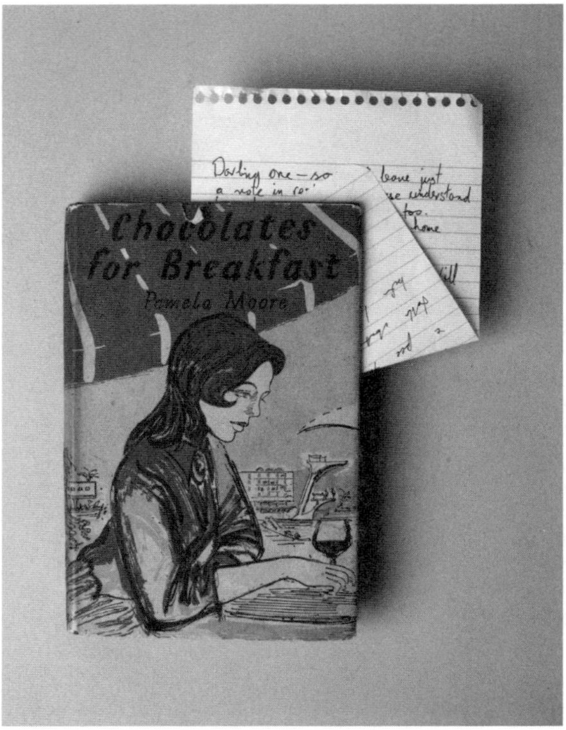

1305

LOT 1305

Moore, Pamela

Chocolates for Breakfast (Longman's Green and Co., 1957). Bevat een aan beide zijden met de hand beschreven briefje van Doolan aan Morris, op een pagina die uit een spiraalblok is gescheurd. De tekst luidt: *'Hal, ben een blokje om. Ik denk dat ik zwanger ben. Bel alsjeblieft als je dit leest, ik heb een urinetest gekocht maar wil eerst bespreken hoe we ertegenover staan voor ik hem gebruik. Liefs, L.'* Op de andere kant staat in Morris' handschrift: *'Liefste, sorry dat ik als antwoord alleen een briefje achterlaat, maar ik hoop dat je begrijpt dat ook ik enige bedenktijd nodig heb. Zou eigenlijk niet eens langs huis gaan, maar was mijn harde schijf vergeten – sjees naar Vermont om komende drie dagen sessie over te doen. Bel je vanuit het hotel. Sorry, ik weet dat het geen schoonheidsprijs verdient, maar heb ruimte nodig om te denken, ik hoop dat je dat begrijpt. Doe de test, we komen er wel uit – Het komt allemaal goed. H x.'*

$12-20

1306

LOT 1306

Apparaat voor witte ruis

Een witte-ruismachine van Invento, type No. 500 Sleep Sound, door Morris gebruikt in de slaapkamer van 11A Sherman Street. Onherstelbare schade aan bovenkant en zijkanten, alsof er met een hamer op is geslagen.

$5-12

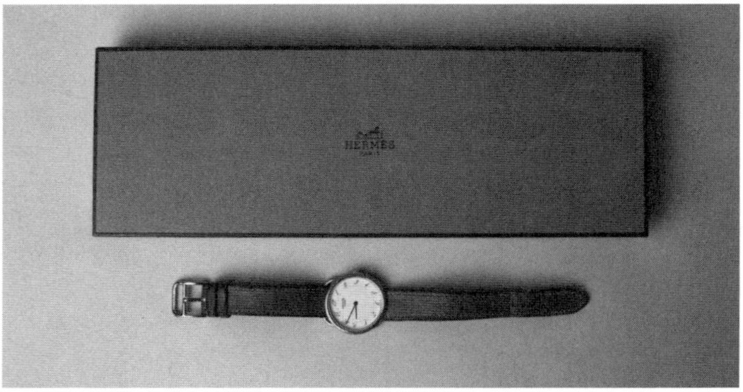

1307

LOT 1307

Een polshorloge van Hermès

Een damespolshorloge van Hermès, type Arceau, met blauwe, kalfsleren band. Band enigszins versleten, verder in goede staat. Met originele doos.

$500-900

Gaat vergezeld van een handgeschreven briefje van Morris aan Doolan: *'Ik heb het helemaal verkeerd aangepakt en de omstandigheden waren verschrikkelijk. Dit is voor jou, om het goed te maken, en hoewel het deze keer niet zo heeft mogen zijn, de volgende keer misschien wel? Liefs, Hal.'*

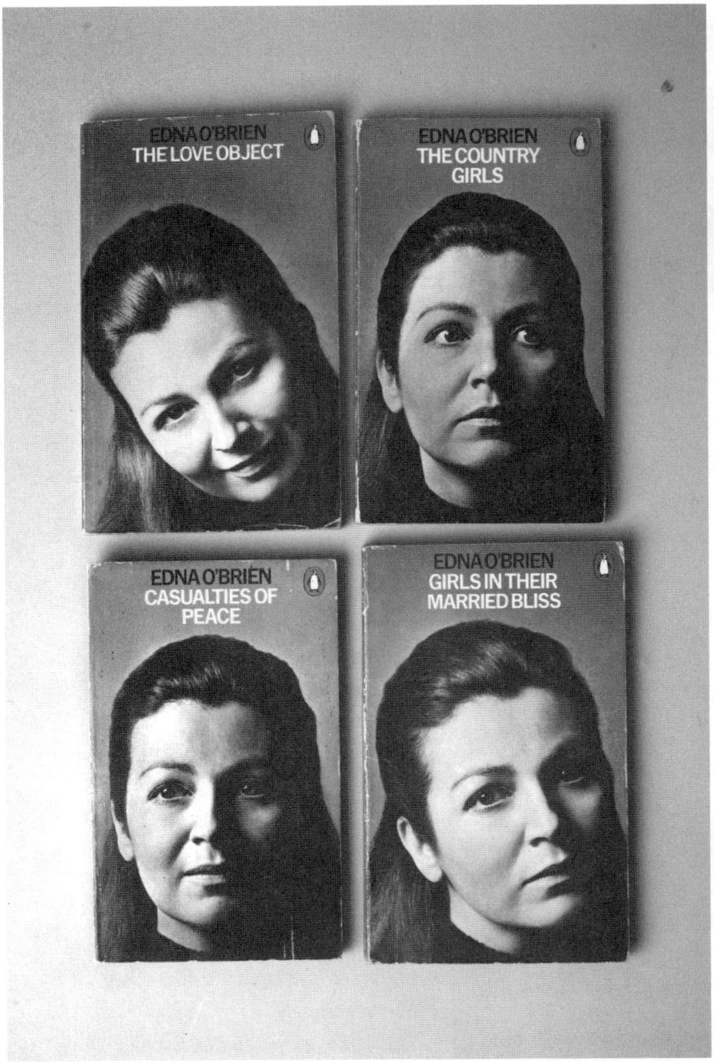

1308

1309

1310

LOT 1308
O'Brien, Edna
Vier paperbacks: *The Love Object*, *The Country Girls*, *Girls in Their Married Bliss* en *Casualties of Peace* (Penguin, 1967-1970), elk met inscriptie 'Lenore Doolan' rechtsboven op het schutblad.
$50-65 (4)

LOT 1309
Enkele paperbacks
Zeven boeken van Harold Pinter en Tom Stoppard, elk met inscriptie 'Harold Morris' rechtsboven op het schutblad. *The Caretaker* van Harold Pinter (Eyre Methuen, 1974); *Dirty Linen* van Tom Stoppard (Faber, 1976); *The Real Inspector Hound* van Tom Stoppard (Grove Press, 1975); *The Birthday Party* van Harold Pinter (Grove Press, 1981); *Three Plays* van Harold Pinter (Grove Press, 1962); *Jumpers* van Tom Stoppard (Grove Press, 1972); *Arcadia* van Tom Stoppard (Faber and Faber, 1988).
$50-65 (7)

LOT 1310
Een ansichtkaart
Een ansichtkaart uit Jaipur, India, van Morris aan Doolan. Op de achterzijde staat: *'Indiagestie, maar verder geweldig. Blijf misschien langer X H.'* 10,2 x 15,2 cm.
$10-15

1313

LOT 1311

Een uitdraai van een e-mailbericht

Een uitdraai van een e-mailbericht van Morris in India aan Doolan in New York, gedateerd 6 juni 2006. De tekst luidt:

Van: hmorris256@yahoo.com

Aan: lenore-doolan@nytimes.com

Datum: 6 juni 2006

Onderwerp: HÉ

Heb zitten denken – je zult vanwege je promotie wel tot laat moeten werken, dus ik denk dat ik langer blijf en de komende 2 maanden met Ben op reis ga. Ik heb zo'n pauze hard nodig.

27,8 x 21,6 cm.

Niet afgebeeld.

$10-15

LOT 1312

Een telefoonrekening

Een telefoonrekening van hotel Bangalore Gate van in totaal 800 dollar.

27,8 x 21,6 cm.

Niet afgebeeld.

$5-10

1314

LOT 1313

Een verjaardagskaart

Een verjaardagskaart van Morris vanuit India aan Doolan. Een deel van de tekst luidt: '*Sorry dat ik niet op je verjaardag ben, Lenore. Ik denk dat we in hetzelfde schuitje zitten. Ik denk dat we allebei tijd en ruimte nodig hebben om na te denken...*' Enkele kreukels, omdat de kaart is dubbelgevouwen. 19,1 x 15,2 cm.

$15-20

LOT 1314

Een serie foto's

Foto's van etentjes in de zomer, gegeven op Celadon, dat Doolan huurde met haar vrienden Adam Bainbridge en Luba Polarski. 10,2 x 15,2 cm.

$10-20 (10)

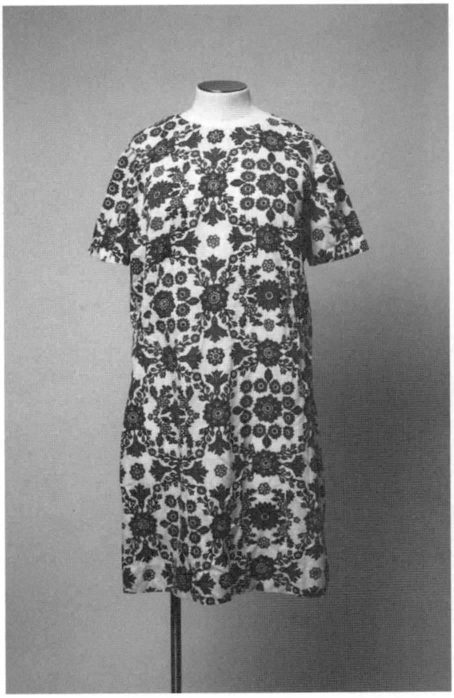

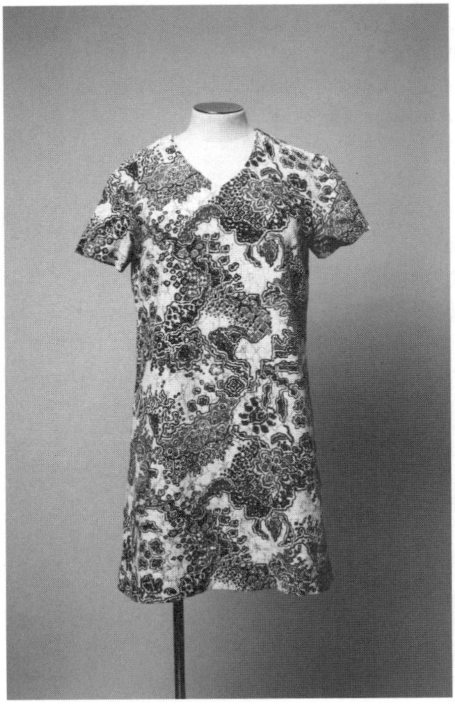

1315

LOT 1315

Enkele originele jurken

Een katoenen jurk met bruin-met-blauwe bloemen, zonder merkje. Een roestkleurige, dunne jurk met geometrisch patroon, met merkje 'Lanvin'. Een katoenen jurk, met merkje 'Chix Hawaii Liberty House'. Een jarenzestigjurk met groen-met-roze bloemmotief, merkje verwijderd.

$50-60

(4)

1318

1316

LOT 1316

Een receptenmap

Receptenmap voor Celadon House, door Doolan drie zomers lang bijgehouden. 30,5 x 22,9 cm.

$10-20

LOT 1317

Een damestasje

Een origineel victoriaans beugeltasje, van zwarte, grove ribstof met zijden voering. In goede staat. In een zakje binnenin zit een uitnodiging voor een boekpresentatie van Adam Bainbridge van *The Paris Review*. Op de achterzijde staat: *'Erich: eril025@yahoo.com.'*

Niet afgebeeld.

$20-45

De presentatie vond plaats op de avond waarop Morris uit India terugkeerde. Morris was niet aanwezig.

LOT 1318

Sagan, Françoise

Vier paperbacks: *Scars on the Soul* (Penguin, 1977); *Aimez-vous Brahms* (Penguin, 1960); *Sunlight on Cold Water* (Penguin, 1971); *La Chamade* (Penguin, 1971). Van *La Chamade* is de volgende zin onderstreept: 'Nooit zal men genoeg de voordelen, de gevaren en de kracht van de gedeelde lach naar waarde schatten.'

$10-15 (4)

LOT 1319
Een studiofoto
Een foto van Morris, genomen in de studio van een portretfotograaf in New Delhi. 25,4 x 20,3 cm.
$10-20

LOT 1320
Restaurantrekening
Een rekening van restaurant Wallse, gedateerd 29 augustus 2006, met daarop: '*4 Grüner Veltliner, 1 gin-martini, 1 voorgerecht houting, 1 voorgerecht biet, ~~1 meerforel, 1 schnitzel~~.*' (Laatste twee bestellingen geannuleerd.) 12,7 x 8,6 cm.
Niet afgebeeld.
$5-15

LOT 1321
Een handgeschreven brief
Een handgeschreven brief van Ann Doolan aan Lenore Doolan. Een deel van de tekst luidt: *'Nou, niemand vindt ruziemaken leuk. Waar het om gaat is eerlijk onder ogen te zien hoe vaak de dieptepunten zich voordoen en hoe diep ze zijn. Het hoeft niet altijd Sturm und Drang te zijn. Ik zei altijd dat ik te doen had met saaie stellen die nooit eens zo'n hoogte- of dieptepunt hadden als wij, maar kwam tot de conclusie dat het met hoogte- en dieptepunten lastig is om iets voor elkaar te krijgen. Het kost een hoop tijd als je het leven mijdt. Stephen was voor mij lange tijd een excuus om het leven te mijden, en ik moet eerlijk bekennen dat ik daar nu iets van herken bij jou en Hal. Het heeft niets met geluk te maken. Voor mij had het te maken met je in het leven storten en op een andere manier gelukkiger en min of meer normaal zijn. Len, het zal niet meevallen, maar ik denk dat het goed is dat je even een pauze inlast. Je bent eraan gewend geraakt dat hij de hele zomer weg is! Zal ik een paar weken bij je komen logeren? Ik kan mijn research van daaruit doen…'*
Niet afgebeeld.
$10-20

LOT 1322
Een foto en een schets van kostuums
Een foto van Lenore en Ann Doolan op 11A Sherman Street. Een schets van Lenore Doolan van een idee voor Halloweenkostuums voor de beide zussen: Lenore Doolan als lakmoesproef, Ann Doolan als marshmallow. 28,0 x 21,6 cm.
$10-15 (2)

LOT 1323
Een krantenknipsel
Een knipsel van Doolans *Cakewalk*-column van 29 november 2006, over Paris-Brest-taart. Titel: 'Zoeter dan zoet'.
22,9 x 6,4 cm.
Niet afgebeeld.
$5-10

1319

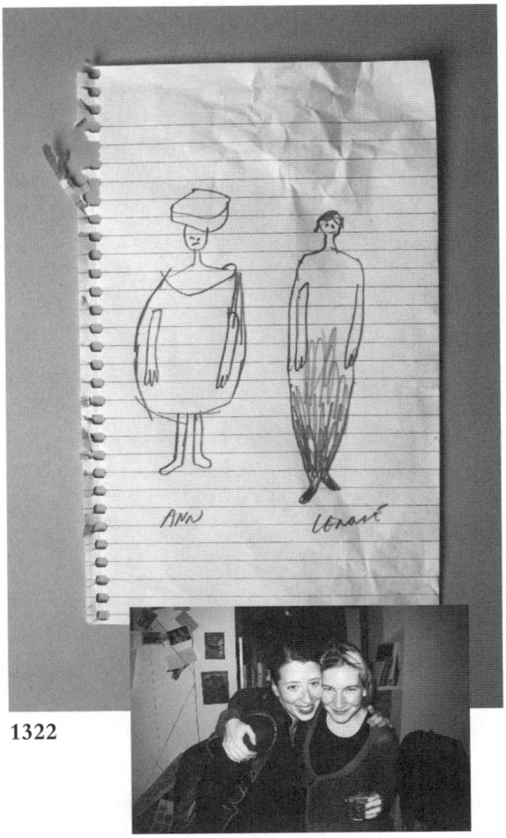

1322

1325

LOT 1324

Beard, Jo Ann

The Boys of My Youth (Little, Brown, 1998), gebonden, eerste druk. Stofomslag en pagina's enigszins beduimeld. Een handgeschreven lijstje in de marge van pagina 147 luidt: *'Goede wil / Dr. Zilkha 430 / Thee / Cantaloupe / garnalenwrap / latte / wortels / Erich afzeggen / hoofdpijn na 8 sherry's / Erich / aanmatigend.'*
Niet afgebeeld.
$12-15

LOT 1325

Bijlage *Gourmet*

Een exemplaar van een bijlage van het tijdschrift *Gourmet*, najaar 2006. Bevat een handgeschreven brief van Morris aan Doolan. Een deel van de tekst luidt: *'Je ideeën over vriendschap zijn prachtig en ik kan alleen maar hopen dat we eraan toekomen. Druk bezig uit te zoeken wat ik op dit moment nodig heb. Ik ben blij te horen dat je wilt proberen vrienden te blijven.'*
$10-20

LOT 1326

James, William

Pragmatism: A New Name for Some Old Ways of Thinking, paperbackeditie, 1907 (Hackett Publishing, 1980). Bevat een handgeschreven brief van Doolan aan Morris. Een deel van de tekst luidt: *'Het geluid van je stem maakt een vulkaan aan emoties in me los die ik met moeite probeer te bedwingen. Respecteer alsjeblieft dat ik niets laat horen. Je blijft heel bijzonder voor me, maar laten we afstand bewaren...'*
$10-20

1326

1327

1329

1330

LOT 1327

Vier knuffelbeesten

Drie beren en een olifant. Verschillende afmetingen.

$150-195 (4)

LOT 1328

Lijsten met onroerend goed

Lijsten met eenkamerappartementen in Manhattan; voorkeuren omcirkeld met Sharpie-markeerstift. Lijsten met eenkamerappartementen in Los Angeles; voorkeuren omcirkeld met potlood. Verschillende afmetingen.

Niet afgebeeld.

$5-10

LOT 1329

Eierdopje in de vorm van een hondenkop

Een porseleinen eierdopje in de vorm van een hondenkop. Duits fabricaat. 7,0 x 5,7 cm.

$10-12

LOT 1330

Kurken

Champagne- en wijnkurken van verschillende gelegenheden tussen 1989 en 2006.

$10-12 (9)

1331

LOT 1331

Enkele droogbloemen

Droogbloemen van verschillende gelegenheden, gedroogd en bewaard door Morris.

$20-45 (7)

1332

LOT 1332

Enkele gedroogde klavertjesvier

Enkele klavertjesvier, afkomstig van verschillende locaties en gedroogd en bewaard door Doolan.

$20-45 (6)

Voor Adam Penn Gilders

Dankwoord

Bedankt, Sheila Heti en Paul Sahre – Sheila vooral omdat ze me hielp begrijpen waar dit boek over gaat. Bedankt, Jason Fulford, voor uren fotograferen en wijze raad; Michael Schmelling, Derek Shapton en Kristin Sjaarda voor hun uitstekende foto's; Deirdre Dolan voor haar aanmoedigingen en enthousiasme; Craig Taylor voor muziek en hoofdthema's; en Sara Angel, Pamela Baguley, Rachel Comey, Hernan Diaz, Joy Goodwin, Cailey Hall, Jessica Johnson, Abby Kagan, Rita Konig, Jason Logan, Paul Marlow, Rebecca Nagel, Emily Oberman, Laura Peterson, Gus Powell, Miranda Purves, Mary Robertson, Anne Ross, Tim Rostron, Gwen Smith, Dianna Symonds, Kim Temple, Elaine Whitmire, Ken Whyte, Jere Wile en Margaux Williamson voor hun hulp, opmerkingen en verhalen. Dank aan Andrew Wylie voor zijn onschatbare inzicht en aan Sarah Crichton voor haar niet-aflatende steun en vertrouwen.

Ik dank mijn vrienden, die bij elkaar kwamen bij chips, koffie, taart en wijn. Speciale dank aan Bob en Lorna, die niets weggooien. En James Truman, in liefde. (En BC, NB en PG, wier kunstvoorwerpen belangrijk blijven.)

JAMES TRUMAN

Leanne Shapton is illustrator, schrijver en uitgever, werd geboren in Toronto en woont tegenwoordig in New York. Ze is art-director van de opiniepagina van *The New York Times* en een van de oprichters van J&L Books, een uitgeverij op non-profitbasis die is gespecialiseerd in nieuwe fotografie, kunst en fictie. Ze is de auteur van *Was She Pretty?* (Sarah Crichton Books, 2006).

S Q S Q S Q S Q S Q S Q S Q S Q S Q S Q S Q S Q S Q
Q S Q S Q S Q S Q S Q S Q S Q S Q S Q S Q S Q S Q S Q
Q S Q S Q S Q S Q S Q S Q S Q S Q S Q S Q S Q S Q S Q S
S Q S Q S Q S Q S Q S Q S Q S Q S Q S Q S Q S Q S Q S
S Q S Q S Q S Q S Q S Q S Q S Q S Q S Q S Q S Q S Q S Q
Q S Q S Q S Q S Q S Q S Q S Q S Q S Q S Q S Q S Q S Q
Q S Q S Q S Q S Q S Q S Q S Q S Q S Q S Q S Q S Q S Q S
S Q S Q S Q S Q S Q S Q S Q S Q S Q S Q S Q S Q S Q S
S Q S Q S Q S Q S Q S Q S Q S Q S Q S Q S Q S Q S Q S Q
Q S Q S Q S Q S Q S Q S Q S Q S Q S Q S Q S Q S Q S Q
Q S Q S Q S Q S Q S Q S Q S Q S Q S Q S Q S Q S Q S Q S
S Q S Q S Q S Q S Q S Q S Q S Q S Q S Q S Q S Q S Q S
Q S Q S Q S Q S Q S Q S Q S Q S Q S Q S Q S Q S Q S Q
Q S Q S Q S Q S Q S Q S Q S Q S Q S Q S Q S Q S Q S Q
S Q S Q S Q S Q S Q S Q S Q S Q S Q S Q S Q S Q S Q S
S Q S Q S Q S Q S Q S Q S Q S Q S Q S Q S Q S Q S Q S
S Q S Q S Q S Q S Q S Q S Q S Q S Q S Q S Q S Q S Q S Q
Q S Q S Q S Q S Q S Q S Q S Q S Q S Q S Q S Q S Q S Q
Q S Q S Q S Q S Q S Q S Q S Q S Q S Q S Q S Q S Q S Q S
S Q S Q S Q S Q S Q S Q S Q S Q S Q S Q S Q S Q S Q S
S Q S Q S Q S Q S Q S Q S Q S Q S Q S Q S Q S Q S Q S Q
Q S Q S Q S Q S Q S Q S Q S Q S Q S Q S Q S Q S Q S Q
Q S Q S Q S Q S Q S Q S Q S Q S Q S Q S Q S Q S Q S Q S
S Q S Q S Q S Q S Q S Q S Q S Q S Q S Q S Q S Q S Q S
S Q S Q S Q S Q S Q S Q S Q S Q S Q S Q S Q S Q S Q S Q
Q S Q S Q S Q S Q S Q S Q S Q S Q S Q S Q S Q S Q S Q
Q S Q S Q S Q S Q S Q S Q S Q S Q S Q S Q S Q S Q S Q S
S Q S Q S Q S Q S Q S Q S Q S Q S Q S Q S Q S Q S Q S
S Q S Q S Q S Q S Q S Q S Q S Q S Q S Q S Q S Q S Q S Q
Q S Q S Q S Q S Q S Q S Q S Q S Q S Q S Q S Q S Q S Q
Q S Q S Q S Q S Q S Q S Q S Q S Q S Q S Q S Q S Q S Q S
S Q S Q S Q S Q S Q S Q S Q S Q S Q S Q S Q S Q S Q S
S Q S Q S Q S Q S Q S Q S Q S Q S Q S Q S Q S Q S Q S Q

S Q S Q S Q S Q S Q S Q S Q S Q S Q S Q S Q S Q S Q S
S Q S Q S Q S Q S Q S Q S Q S Q S Q S Q S Q S Q S Q S Q
Q S Q S Q S Q S Q S Q S Q S Q S Q S Q S Q S Q S Q S Q
Q S Q S Q S Q S Q S Q S Q S Q S Q S Q S Q S Q S Q S Q S
S Q S Q S Q S Q S Q S Q S Q S Q S Q S Q S Q S Q S Q S
S Q S Q S Q S Q S Q S Q S Q S Q S Q S Q S Q S Q S Q S Q
Q S Q S Q S Q S Q S Q S Q S Q S Q S Q S Q S Q S Q S Q
Q S Q S Q S Q S Q S Q S Q S Q S Q S Q S Q S Q S Q S Q S
S Q S Q S Q S Q S Q S Q S Q S Q S Q S Q S Q S Q S Q S
S Q S Q S Q S Q S Q S Q S Q S Q S Q S Q S Q S Q S Q S Q
Q S Q S Q S Q S Q S Q S Q S Q S Q S Q S Q S Q S Q S Q
Q S Q S Q S Q S Q S Q S Q S Q S Q S Q S Q S Q S Q S Q S
S Q S Q S Q S Q S Q S Q S Q S Q S Q S Q S Q S Q S Q S
S Q S Q S Q S Q S Q S Q S Q S Q S Q S Q S Q S Q S Q S Q
Q S Q S Q S Q S Q S Q S Q S Q S Q S Q S Q S Q S Q S Q
Q S Q S Q S Q S Q S Q S Q S Q S Q S Q S Q S Q S Q S Q S
S Q S Q S Q S Q S Q S Q S Q S Q S Q S Q S Q S Q S Q S
S Q S Q S Q S Q S Q S Q S Q S Q S Q S Q S Q S Q S Q S Q
Q S Q S Q S Q S Q S Q S Q S Q S Q S Q S Q S Q S Q S Q
Q S Q S Q S Q S Q S Q S Q S Q S Q S Q S Q S Q S Q S Q S
S Q S Q S Q S Q S Q S Q S Q S Q S Q S Q S Q S Q S Q S
S Q S Q S Q S Q S Q S Q S Q S Q S Q S Q S Q S Q S Q S Q
Q S Q S Q S Q S Q S Q S Q S Q S Q S Q S Q S Q S Q S Q
Q S Q S Q S Q S Q S Q S Q S Q S Q S Q S Q S Q S Q S Q S
S Q S Q S Q S Q S Q S Q S Q S Q S Q S Q S Q S Q S Q S
S Q S Q S Q S Q S Q S Q S Q S Q S Q S Q S Q S Q S Q S Q
Q S Q S Q S Q S Q S Q S Q S Q S Q S Q S Q S Q S Q S Q
Q S Q S Q S Q S Q S Q S Q S Q S Q S Q S Q S Q S Q S Q S
S Q S Q S Q S Q S Q S Q S Q S Q S Q S Q S Q S Q S Q S
S Q S Q S Q S Q S Q S Q S Q S Q S Q S Q S Q S Q S Q S Q
Q S Q S Q S Q S Q S Q S Q S Q S Q S Q S Q S Q S Q S Q
Q S Q S Q S Q S Q S Q S Q S Q S Q S Q S Q S Q S Q S Q S